KB065714

기분이 태도가 되지 말자

기분을 관리할 줄 알아야 인생이 관리된다

기분이 태도가

훈글 지음

되지 말자

HIGHEST

프롤로그

사람이 살아가면서 하루에도 수십 번씩 느끼는 것이 있다. 바로 감정이다. 아침에 눈을 뜨면서부터 잠들기까지 슬픔, 분노, 피로, 불안감, 행복, 기쁨 등 무수히 많은 감정을 느끼면서 살아간다. 내가 느끼는 감정은 곧 행동으로 이어진다. 당연한 일이다. 피곤하면 무기력해지고 화가 나면 공격적으로 행동하고 기쁘면 친절하게 행동한다. 감정이 행동으로 이어지는 것은 당연하다.

감정은 인간이 느낄 수 있는 자연스러운 현상이다. 삶에 있어서 중요한 부분이기도 하다. 그러나 감정이 내 태도와 행동을 결정하도록 내버려둔다면 감정의 노예가 될 확률만 올라간다. 감정이 태도를 지배하게 놔두는 건 절대 현명한 일이 아니다. 삶은 늘 선택의 연속이다. 수많은 선택 앞에서 감정이 나를 지배한다면 삶 전반에 부정적인 영향을 미칠 수밖에 없다.

감정과 태도를 분리하는 것이 쉽지 않다. 어떤 감정이든 감정은 그 자체만으로도 강렬하기에 내 마음, 몸, 행동, 의지에 나도 모르게 스며들기 때문이다. 하지만 감정을 인식하고 감정이 행동에 어떻게 영향을 미치고 왜 기분이 태도가 되지 않아야 하는지 계속 탐구하다 보면 어느 날은 내 감정을 객관적으로 바라볼 수 있게 된다. 그때야 비로소 감정에 휘둘리지 않고 내 의지나 신념에 따라서 행동할 수 있게 된다.

이번 개정판에서는 기존의 글과는 다르게 직장에서의 스트레스 지수를 낮추는 법. 가족이나 친구와 갈등 상황에서 감정을 조절하는 법. 힘든 일이 생겼을 때 마음의 평정을 유지하는 법. 일상생활에서 긍정적인 태도를 유지하는 법. 화가 났을 때 현명하게 대처하는 방법 등 다양한 상황을 통해 기분이 태도가 되지 않는 방법에 대해서 이야기해 볼까 한다.

인생은 내가 선택한 태도에 따라 얼마든지 변할 수 있다. 감정에 휘둘리지 않고 스스로 주도적인 삶을 사는 첫걸음이 이 책이 되기를 바란다.

내가 할 수 있는 유일한 것

2장

감정의 주인

기분을 관리하면 인생이 달라진다

4장

결국 행복해질 사람

1장

내가 할 수 있는 유일한 것

내가 할 수 있는
유일한 것

사람이 감정을 느끼고 행동하는 과정은 복잡하다. 심리적, 사회적, 생리학적 요인이 모두 다 작용한다. 하지만 간단하게 정리해 보면 보통 다음의 과정을 겪는다.

외부 환경이나 내부의 생각에서 자극이 발생한다. 자극을 느낀 후 그 자극이 나에게 어떤 의미를 가지고 어떤 영향을 미칠지 평가한다. 그 과정에 자신의 경험이나 가치관, 신념 등이 개입한다. 같은 자극도 사람마다 다르게 느끼는 것이 이 이유 때문이다. 자극에 대한 인지적 평가가 끝나면 감정이 형성된다. 형성된 감정을 통해 특정한 행동이 유도된다. 그리고는 마침내 행동한다.

시험을 앞둔 학생을 예로 조금 더 쉽게 설명해 보겠다.

시험이 있다는 외부 환경에서 자극을 받는다. 예전에 성적을 낮게 받았을 때 부모님에게 혼났던 기억 때문에 부정적인 영향이 더 커진다. 긴장과 스트레스가 형성되기 때문에 시험이 가까워질수록 예민하게 행동하게 된다. 예민하게 행동하기 때문에 주변 친구, 가족들과 관계에서 계속 마찰이 생길 수밖에 없다. 혹은 내가 이 모든 것을 눈치채지 못할 정도로 무의식적으로 이루어질 때도 많다.

기분이 태도가 되지 않아야 한다는 것이 중요한 것도 이런 이유 때문이다. 행동이 가장 마지막이기 때문이다. 앞에서 일어나는 자극이나 해석, 감정 형성 등은 어떻게 조절할 수 있는 것이 아니다. 하지만 가장 마지막인 행동은 내 의지로 조절할 수 있다. 감정이 행동으로 이어지는 과정을 알고 있다면 그 과정은 스스로 조절할 수 있다. 감정

　　　　　　　　　　내가 할 수 있는 유일한 것

이 행동으로 이어지는 가장 마지막 단계에서 내가 개입하여 부정적인 행동으로 이어지지 않는 기회를 얻게 되는 것이다. 기억하자. 내가 할 수 있는 유일한 것은 마지막에 행동을 조절하는 것이다.

안 좋은 피드백에
대처하는 법

"이것밖에 못 해?"

"이번 달 성과가 왜 그래?"

"몇 번을 알려줘야 이해할래?"

사회생활을 하다 보면 상사에게 꾸짖음을 들을 때가 있다. 존댓말로 듣든 반말로 듣든 그런 말을 들으면 항상 기분이 좋지 않다. 그 어떤 사람도 누군가에게 싫은 소리 듣는 걸 좋아하는 사람은 없을 것이다. 회사에서 실적이 안 나오거나 실수를 반복하거나 누군가의 기대에 못 미칠 수도 있다. 부정적인 의견을 들어야 하는 순간은 많다.

만약 그 어떤 잘못도 하지 않았는데 누군가가 본인 기분 때문에 괜히 트집을 잡거나 감정적으로 행동한다면 무시하면 된다. 그땐 정말 한 귀로 듣고 한 귀로 흘리는 것이 필요하다. 그런 상황이 아니라 분명히 내가 실수한 점이 있고 부족한 점이 있음에도 불구하고 내 감정에 따라 행동하는 것은 옳지 못하다. 회사에서 안 좋은 이야기를 들었을 때 술을 마시거나 친구를 만나 하소연을 하거나 저 사람 진짜 이상하다면서 누군가에게 험담을 할 수 있다. 어떤 사람은 상사에게 맞받아칠 수도 있다. 하지만 이런 행동은 모두 감정적인 행동이다.

대부분의 사람은 안 좋은 이야기를 할 때 공격적으로 이야기할 확률이 높다. 안 좋은 이야기를 들었을 때 감정이 낮아지는 것은 어쩔 수 없지만 그 상황에서 똑같이 감정적으로 대처한다면 상황만 더 악화될 뿐이다. 만약 내가 실수한 것이 있다면 인정하는 게 중요하다. 내가 부족한 부분이 있다면 그 부분 역시 인정하는 것이 중요하다. 여기서 말하는 인정은 행동에 대한 인정과 감정에 대한 인정 두 가지다. 부정적인 상황이니 감정이 낮아지는 건 그럴 수 있는 것이라고 인정해 주는 것이다. 인정을 한 후에는 그 상황을 최대한 슬기롭게 넘겨야 한다. 가장 좋은 방법은 그 순간을 자기 발전의 시간으로 삼는 것이다.

지적했던 부분을 개선하기 위해서 새로운 기술과 방법을 도입해야 할 수 있다. 추가적인 시간을 사용해서 더 많은 지식을 습득해야 할 수 있다. 그 과정에서 내가 놓쳤던 것에 대해서 더 깊이 공부하고 동료들에게 조언을 얻을 수 있다. 이런 과정을 몇 번만 반복하면 업무 능력이 향상된다. 향상된 업무 능력은 결국 자신에게 성취감과 자존감으로 되돌아온다. 만약 상사의 피드백이 모호하다면 직접 대화를 시도하는 것도 좋은 방법이다. 솔직하게 잘 이해가되지 않는다면서 구체적인 면담을 요청해도 좋다. 그 과정에서 계속해서 거칠고 공격적인 말을 쓴다면 한 귀로 듣고한 귀로 흘리면 된다.

상사에게 부정적인 피드백을 받는 것은 누구에게나 힘

든 일이다. 하지만 그 순간을 발전의 기회로 삼느냐 감정의 늪으로 빠지느냐는 자신의 선택에 달려있다. 단, 잊지 말자. 아무런 문제도 없는데 공격적으로 말하는 사람은 무시가 답이다.

가장 돌봐야 할 사람

요즘 이런 감정을 느끼지 않는지 체크해 보자.

1. 생활이 불규칙해졌다.

2. 몸에 이상이 생겨도 병원을 가지 않는다.

3. 무언가에 도전하는 것이 두렵다.

4. 내 판단보다는 타인의 의견이 더 중요하다.

5. 점점 혼자 있고 싶어진다.

6. 어떤 일에도 의욕이 없다.

7. 충동적인 게 많아졌다.

8. 주변 사람들에게 무관심해졌다.

9. 오래 몰두하지 못하고 쉽게 지루해진다.

10. 하루하루를 무기력하게 보낸다.

해당되는 게 많다면 지금 자기 자신을 돌보고 있지 않을 확률이 높다. 사람은 하루하루를 살아가며 다양한 역할을 수행한다. 가족, 친구, 직장 동료 그외에 다양한 역할 속에서 자신을 소모하면서 살아간다. 일상은 바쁘고 다른 사람들의 기대와 요구는 늘어나다 보면 그 속에서 잃어버리는 것이 있다. 바로 자기 자신이다.

나를 돌보는 것은 이기적인 것이 아니다. 나를 돌보는 것이야말로 나를 둘러싼 많은 것에게 더 나은 나를 보여줄 수 있는 좋은 방법이다. 사랑하는 사람들과의 관계도 중요하고 일도 중요하다. 하지만 그 관계 속에서 자신을 잃지는 말아야 한다. 타인의 기대에 부응하느라 애쓰고 사랑하는 사람이 지칠까봐 좋은 말을 건넸지만 내가 나에게 좋은 말을 건넨 적은 언제인지 기억도 안 날 것이다.

내가 나를 돌보는 것의 첫 시작은 내가 나를 돌보지 않았다는 것을 아는 것이다. 그다음은 나는 절대 혼자가 아니라는 것을 아는 것이다. 나의 주변엔 나를 사랑하고 지지해 주는 사람들이 많다. 힘든 순간이 찾아오면 내가 어렵게 느낄 뿐이지 손을 내밀면 도와줄 사람도 가득하다. 그다음은 내가 나에게 따뜻한 위로의 말을 건네는 것이다.

"너는 충분히 잘하고 있어. 좋은 일이 올거야."
라고 말이다. 내가 나를 돌보는 것에 많은 시간을 사용해야 한다. 그게 가장 우선이다.

가장 돌봐야 할 사람

다시 일어서는 법

어느 날 친구 하나가 연락이 두절됐다. SNS도 탈퇴하고 메신저에 있는 모든 사진을 다 지웠다. 누가 봐도 무슨 일이 있는 것 같아서 계속 연락을 해봤지만 한 번도 닿지 않았다. 너무 걱정되는 마음에 집에 찾아가 초인종을 눌렀다. 몇 번을 누르고 문을 두드리면서 이런저런 말을 해도 반응이 없었다. 외출했다가 집에 돌아오는 길에 마주칠 수 있지 않을까 싶어서 현관에 앉아서 기다렸다. 몇 분 후 현관문이 열리는 소리가 들렸다. 알고 보니 안에서 내 이야기를 다 듣고 있었던 것이다. 친구는 나를 보자마자 눈물을 터트렸다.

"나 헤어졌어."

이 한마디를 시작으로 친구는 나에게 안겨 펑펑 울기 시작했다. 오래 사귄 남자 친구와 헤어졌다고 했다. 연차도 쓸 수 있을 만큼 다 쓰면서 회사도 나가지 않았다고 했다. 집 안은 엉망이었다. 물건이 정리가 안 되어 있고 음식물이 쌓여있고 그런 게 아니었다. 오히려 아무것도 하지 않았다는 듯이 깨끗했다. 계속 누워만 있었던 것처럼 말이다. 다른 의미의 엉망이었다. 사람이 사는 집은 어떻게든 온기가 남아있기 마련인데 그런 흔적이 하나도 없었다. 당연히 집 안에서 음식을 해 먹은 흔적도 없었다. 거의 쓰러지기 직전인 상태라 죽을 시켰다. 아주 조금이라도 죽을 먹이고 옆에서 이야기를 들어줬던 기억이 있다.

실연은 누구에게나 고통스러운 경험이다. 사랑하는 사람과의 이별은 마음에 깊은 상처를 남긴다. 일상을 함께 나누던 사람이 사라졌기에 일상이 무너진다. 과거에 대한 미련에 사로잡힌다. 그러지 않았다면, 그때 이랬다면 온갖

다시 일어서는 법

가정을 하면서 마음이 계속 과거에 머문다. 미래는 보이지 않고 일상은 무너지면서 마음이 엉망이 된다. 말로 표현할 수 없을 정도로 다양한 감정을 느낄 것이다. 이럴 때 필요한 마음가짐은 감정을 억누르거나 무시하지 않는 것이다. 이별 뒤에 느껴지는 슬픔, 분노, 혼란, 속상함, 무기력함 이 모든 감정은 자연스러운 현상이다. 다만 애써 부정하려고 하거나 어떤 감정 하나에 너무 깊게 빠져있는 것만 지양하면 된다.

사랑하는 사람이 생각나서 슬플 때 애써 웃는 것은 건강한 방법이 아니다. 반대로 떠나간 사람이 그립다는 이유로 식음을 전폐하고 아무것도 하지 않는 것도 건강한 방법은 아니다. 슬플 때는 슬퍼해야 하지만 그러지 않을 때는 일상을 살아야 한다. 마음이 힘드니 일상을 잘 유지할 수 없겠지만 그래도 자신의 일상을 모두 다 놓아서는 안 된다. 슬퍼하고 화나고 혼란스러워 하면서 그렇지 않은 순간에는 어떻게든 먹고 마시고 걸어야 한다. 시간이 지나면 결국 상처는 아물 것이다. 이별의 고통으로부터 다시 일어

서는 방법은 충분히 내가 느끼는 감정을 존중하면서 일상
을 아주 조금이라도 유지하려고 애쓰는 것이다.

피곤함이라는 적

"아 오늘 좀 피곤한데?"

프로젝트가 있어서 밤을 새웠다. 공부를 하느라 밤을 새웠다. 작업할 게 있어서 밤을 새운다. 꿈자리가 사나워서 잠을 설쳤다. 커피를 마셨더니 잠이 잘 안 왔다. 스트레스를 받았더니 자꾸 깼다. 가슴이 답답해서 잘 못 잤다. 연인과 다투느라 늦게 잤다. 집에 일이 있어서 잠을 자지 못했다. 피곤하다는 말이 나올만한 상황은 많다. 몸이 피곤하면 정신적, 정서적 상태에 큰 영향을 미친다. 기분이 태도가 되기 가장 좋은 상태가 된다.

피곤했던 순간을 떠올려 보자. 모든 것이 다 예민하게 느껴졌을 것이다. 내 몸이 피곤하기 때문에 평소라면 여유롭게 넘어갈 수 있을 일도 그렇지 않게 된다. 충분한 수면을 취하지 못했으니 실제로 신체적인 능력이 낮아진다. 눈은 침침하고 몸은 무겁고 머리는 잘 돌아가지 않는다. 그런 상황에서 회의를 한다면 평소 같았으면 침착하게 의견을 교환했을 상황에서도 짜증 섞인 목소리로 반박할지도 모른다. 누군가가 건넨 농담에 인상을 쓸 것이다. 업무는 업무대로 진행이 되지 않을 것이며 공부를 하는 사람이라면 아무리 오래 앉아 있어도 만족스러운 공부를 하지 못할 것이다. 짜증이 나거나 불친절하거나 공격적인 태도를 보이거나 비효율적인 하루를 보낼 것이다.

이럴 때 필요한 것은 두 가지다. 첫 번째는 자기 상태를 인식하는 것이다. 나는 지금 피곤한 상태니 예민하게 반응할 수도 있다. 그러니 더 조심해서 행동해야겠다고 인식하고 관리하는 것이다. 피곤하다는 것까지는 느낄 수 있어도 내가 피곤한 상태이기 때문에 모든 것을 예민하게 받아들일 수 있다고 인지하는 것은 한 단계 더 나아가는 일이다. 내 행동을 조심해야겠다고 생각하는 것만으로도 피곤하다는 이유로 날카로워지는 일이 조금은 줄어들 수 있다.

두 번째는 체력을 기르는 것이다. 피로가 누적되지 않도록 주기적으로 관리를 하고 운동을 통해서 체력을 길러야 한다. 체력이 늘어난다는 것은 몸이 건강해지는 것뿐만 아니라 마음의 힘이 길러지는 것도 포함된다. 몸의 체력이 늘어나면 감정 상태가 안정된다. 긍정적인 마음을 유지하는데도 도움이 된다. 유명한 드라마 〈미생〉에 그런 대사가 있지 않은가.

"네가 이루고 싶은 게 있다면 체력을 먼저 길러라.
네가 종종 후반에 무너지는 이유.
데미지를 입은 후에 회복이 더딘 이유.
실수한 후 복구가 더딘 이유 다 체력의 한계 때문이다."

체력이 약해지면 편한 것을 찾게 된다. 몸뿐만 아니라

마음도 편한 것을 찾게 된다. 이때 마음이 편한 것을 찾는 건 내 감정을 더 쉽게 표출하는 행위다. 피곤할 때 날카롭게 내 감정을 표출하는 것은 그게 쉬운 일이기 때문이다. 피곤한 날일수록 조심해야겠다고 계속 다짐하면서 최대한 조심할 것. 그리고 충분한 운동과 휴식으로 체력을 기를 것. 피곤할 때 작은 자극에도 과도한 감정 반응을 보이지 않을 수 있는 좋은 방법이다.

생각을 멈추는 방법

생각이 꼬리에 꼬리를 물 때가 있다.
너무 많은 생각이 머리를 가득 채워서
일상에 집중이 안 되고
잠을 이루지 못한다.

그만 생각하고 싶지만
멈추는 방법을 모른다.
오히려 멈추려고 할수록 더 많은 생각에 사로잡힌다.

그럴 때 제일 먼저 해야 하는 것은

그 자리를 벗어나는 것이다.
같은 자리, 같은 상황에서
생각을 멈추려고 아무리 노력해도
한 번 불이 켜진 뇌는
절대 멈추지 않는다.

산책을 하다 보면 자연스럽게 마음이 정리된다.
주변을 둘러보면서 음악도 듣고
내 호흡에 집중하다 보면
어느새 많은 생각들이 가라앉는다.
멈추려고 아무리 노력해도 멈추지 않던 생각이
드디어 차분해지는 것이다.

그렇게 어느 정도 생각이 정리되고
마음이 안정되면
그때 차분하게 앉아서 정리하는 것이다.
지금 내 머리를 가득 채운 생각 속에서
내가 컨트롤할 수 있는 것과

생각을 멈추는 방법

컨트롤할 수 없는 것은 무엇인가.
대부분 내가 어떻게 할 수 없는 일을
오래 고민하는 경우가 많기 때문이다.

할 수 있는 일이라면 해내면 되고
할 수 없는 일이라면 시간에 맡기면 된다.

너무 많이 생각하지 말자.
지나친 생각은 괴로움을 만든다.

나를 사랑하는 시간

자존감은 자신이 사랑받을 만한 가치가 있는
소중한 존재이며 어떤 성과를 이루어낼 만한
유능한 사람이라고 믿는 마음이다.

자존감이 높다, 낮다로 표현하는 것은
높아질 때도 있고 낮아질 때도 있다는 것을 뜻한다.
자존감이 높을 땐 상관없다.
하지만 일이 잘 안 풀리거나
반복된 실패를 경험하거나
타인과 나를 지나치게 비교하면

자존감이 낮아진다.

그럴 때 제일 먼저 해야 하는 것은
나 자신과 약속한 것을 지키는 것이다.

여기서 말하는 약속이란 거창한 것이 아니다.
내가 일어나기로 정한 시간에 규칙적으로 일어나는 것.
일어나자마자 이불을 개는 것.
일주일에 몇 번은 운동 가기.
하루에 물 5잔은 마시기.
이런 것처럼 사소한 약속을 하고
그것을 반복해서 지키는 것이다.

작은 것을 반복해서 이루다 보면
내가 무언가를 해낼 수 있을 만한
유능한 사람이라는 믿음이 생긴다.
나에 대한 믿음이 생기면
내가 사랑받을 만한 가치가 있는 존재라는 것도

받아들일 수 있게 된다.

나를 사랑하고 싶다면
작은 약속을 반복해서 지켜보자.

눈물이 많은 당신에게

　유독 눈물이 많은 사람이 있다. 드라마를 보다가 울기도 하고 영화를 보다가 울기도 한다. 친구와 대화를 나누다가 갑자기 울기도 한다. 나는 왜 이렇게 눈물이 많은 거냐면서 자신을 싫어할 수도 있지만 괜찮다. 충분히 그럴 수 있는 일이다. 눈물은 단순한 슬픔의 표출이 아니다.

　눈물은 감정을 정화한다. 더는 눈물이 나지 않을 만큼 울고 나면 속이 시원했던 적이 있을 것이다. 눈물은 스트레스를 해소하고 신체적, 정신적인 균형을 유지하는데 중요한 역할을 한다. 실제로 눈물을 흘리고 나면 스트레스

호르몬이 감소하고 엔돌핀이 생성된다는 연구 결과도 있다. 감정을 해소하는 자연스러운 방법 중 하나다. 굳이 억제할 필요는 없다.

감정적으로 민감한 사람들은 작은 일에도 깊이 감동하거나 상처받는다. 공감 능력이 높은 사람도 그렇다. 높은 공감 능력을 가진 사람들은 다른 사람의 감정을 쉽게 이해하고 타인의 고통이나 기쁨을 함께 느끼기에 눈물을 흘리는 경우가 많다. 오히려 건강한 것이다. 주변을 둘러보면 울고 싶어도 울지 못하는 사람이 수두룩하다. 어떤 감정이든 오래 억누르다 보면 몸이나 마음 둘 다 부정적인 영향을 미친다. 운다는 것은 감정을 표출한다는 것이다. 감정의 무게가 덜어지고 덜어진 무게만큼 마음에 평화가 찾아온다.

눈물이 많다는 것은 당신의 감정이 풍부하다는 것이고, 공감 능력이 뛰어나다는 것이다. 눈물을 부끄러워하지 말고 자신의 감정을 솔직히 표현하자. 스스로를 사랑하고 돌보자. 눈물은 우리 삶을 비추는 작은 반짝임이다.

조카의 연주회

퇴근 후 꽃다발과 인형 하나를 사 들고 서둘러 길을 나섰다. 조카의 연주회가 있는 날이었다. 초등학교에 입학한 지 얼마 안 된 거 같은데 벌써 저렇게 연주회에 나가다니. 기특한 마음으로 서둘러 자리에 앉았다. 조카는 무척 긴장한 표정으로 피아노 앞에 앉았다. 조명이 어두워지고 객석은 조용해졌다. 순간 바뀌는 분위기를 보니 내가 다 떨렸다. 나도 이렇게 떨리는데 과연 저 어린아이에게는 얼마나 큰 부담일까? 하는 생각을 할 때 문제가 생겼다. 공연이 시작됐는데 조카가 아무런 연주도 하지 않는 것이다.

주변 사람들은 웅성이기 시작했다. 선생님은 조카를 바라보며 얼른 연주하라는 식으로 손동작을 했지만 조카는 계속 얼어붙어 있었다. 결국 몇 분 지나지 않아서 울음을 터트렸다. 선생님이 달려 나가 조카를 데리고 무대를 퇴장하는 것으로 연주회는 끝났다. 다 같이 차를 타고 저녁을 먹으러 가는 길에 창밖을 바라보던 조카의 표정이 잊히지 않는다. 자신에게 실망한 듯한 그 표정을 보고 있는데 어찌나 마음이 아프던지. 어떻게 된 일이냐고 물어보니 너무 긴장해서 아무것도 기억이 나지 않았다고 했다. 일단 연주를 시작하면 어떻게든 할 수 있을 거 같아서 건반을 눌러보려고 했는데 몸이 굳어서 아무것도 할 수가 없었다고 했다.

아이도 어른도 누구나 자신에게 실망하는 순간이 온다. 다이어트에 실패해도 자신에게 실망할 수 있고 중요한 프로젝트에서 넘어져도 자신에게 실망할 수 있다. 사건의 크기와는 상관없이 자주 느낄 수 있는 감정이다. 중요한 것은 그런 상황을 어떻게 극복하고 더 나은 자신으로 거

듭나는가이다. 내가 나에게 실망한다는 것은 내가 내 삶에 진지하게 임하고 있다는 증거다. 내 목표와 꿈을 얼마나 중요하게 생각하는지를 보여주는 반증이다. 자신이 설정한 기대에 부응하지 못할 때 실망한다는 것은 내가 더 나은 자신이 되고자 하는 강한 열망이 있다는 뜻이다.

나 자신에게 실망할 만한 일이 생겼는가? 그 감정을 겸허히 받아들이면 된다. 그 감정은 당신의 삶과 꿈에 대한 애정의 표현이니까. 완벽하지 않아도 괜찮다. 인간은 원래 실수를 통해 배우고 성장한다.

바람과 햇살

행복한 순간에 오로지 행복하기만 하는 것은
생각보다 어려운 일이다.
꼭 행복한 순간에
불안한 감정이 스며든다.

찰나의 불안은
잔잔하던 마음에 파도를 일으킨다.
점점 더 불안이라는 감정이 커지면서
행복해야 하는 시간에 불안해하느라
소중한 시간이 다 지나간다.

불안은 지나가는 바람이고
행복은 햇살 같은 것이다.
지나갈 것에 사로잡혀
온전히 느껴야 하는 것을 못 느낀다면
그것만큼 속상한 일이 있을까.

행복해도 된다. 당신은 그 누구보다
행복할 자격이 있다.
그러니 그냥 누리시기를.
불안에 사로잡혀 행복한 시간을
흘려보내지 말기를.
행복해도 되는 사람이다 당신은.

현대인의 친구

완벽한 디지털 시대에 접어들면서 소셜 미디어가 일상 생활의 큰 부분을 차지하게 됐다. 오프라인보다는 온라인으로 연결되는 것이 훨씬 더 편한 세상이다. 하지만 그런 연결은 한계가 있다. 소셜 미디어를 많이 사용할수록 오히려 실제 인간관계는 약해지고 외로움을 더 많이 느낀다는 연구 결과가 있다.

스마트폰이나 인터넷은 즉각적인 만족감을 준다. 누군가와 만날 필요 없이 텍스트로 모든 것을 주고받을 수 있다. 깊이 있는 관계를 형성하는데 필요한 시간이 줄어들고 노력도 줄어든다. 언제 끊겨도 이상하지 않은 가벼운 관계만 늘어난다. 게다가 현대 사회는 점점 개인주의가 심화되고 있다. 가족이나 공동체보다는 개인의 독립성과 성취를 중요하게 여긴다. 이런 사회적 분위기는 공동체의 중요성을 약화시키기 때문에 더 많은 사람이 외로움에 시달리게 한다. 디지털 의존도가 증가하며 사회적 구조는 변화했다.

빠르게 변하는 세상에서 더 많은 사람과 연결되어 있지만 동시에 깊이 있는 관계는 줄어들고 있다. 외로움이라는 것은 점점 현대인의 마음속에 깊이 뿌리내리고 어느 날 갑자기 마음을 다 헤집어 놓는다. 한번 외로움이라는 감정에 사로잡히면 쉽사리 탈출하지 못하는 사람이 많다. 외로움은 단순히 혼자 있는 상태를 뜻하지 않는다. 타인과 정서적 연결이 부족할 때 느끼는 감정이다. 물리적으로 누군가와 함께 있어도 외로울 수 있다. 깊이 있는 인간관계라고 느끼지 못한다면 말이다. 외롭다는 것이 몹시 안 좋은 감정처럼 비치는 경우가 많지만 꼭 그런 것만은 아니다. 혼자 있는 시간 속에서 자기 성찰을 할 수 있는 기회를 얻을 수 있기 때문이다. 내 내면을 들여다보고 진정으로 내가 원하는 것이 무엇인지 깨닫는 시간이 필요하다.

누군가와 함께 있을 땐 별생각이 들지 않는다. 하지만 혼자 있으면 정말 온갖 생각이 다 떠오른다. 온갖 생각이 다 떠오르기 때문에 힘들 수 있지만 반대로 말하면 그 시간 속에서 자신의 감정을 이해하고 더 깊이 있는 자아를 발견할 수 있다는 뜻이 된다. 나만 외로움을 느낀다고 생각하면 훨씬 더 외롭게 느껴질 수 있다. 외로움은 모든 인간이 느끼는 감정이다. 건강하게 관리하면 되는 것일 뿐이다.

지금 이 순간에도 많은 사람이
외로움과 싸우고 있다.
당신처럼 말이다.
외로움은 안 좋은 감정이 아니다.
지독히도 외롭다는 것은
이제 내가 나를 알아갈 시간이 됐다는 뜻이다.

현대인의 친구

작은 말, 큰 힘

"너는 참 소중한 사람이야." "오늘도 고생했어." "무슨 일 있어?" "넌 할 수 있어. 최선을 다 하면 돼." 누군가에게 다정한 말을 들을 때가 있다. 이런 말들은 가볍게 보이지만 마음에 오래 머문다. 다정한 말은 마음을 따뜻하게 하고 상처를 치유하며 살아갈 힘을 준다. 다정한 말은 단순한 언어적 표현을 넘어 누군가에게 자신감을 심어주고 심리적 안정을 건넨다. 다정한 말을 건넬줄 안다는 건 공감 능력이 뛰어나다는 것이고 다른 사람의 감정을 깊이 이해하고 존중한다는 뜻이다. 말은 사람의 삶에 큰 영향을 미친다. 다정한 말을 건네는 것은 작은 행동이지만 그 힘만큼은 절대 작지 않다. 누군가의 삶에 큰 변화를 가져올 수 있다. 다정한 말은 우리의 삶을 더 따뜻하고 밝게 만드는 힘이 있다. 오늘, 당신의 주변 사람들에게 다정한 말 한마디를 건네보자. 말을 건네는 당신도 그 말을 들은 사람도 모두 다 행복해질 것이다.

밤의 위로

깊은 밤 세상은 모두 잠들었지만
나는 여전히 깨어 있을 때가 있다.
분명 몸은 피곤하고 지치는데
아무리 누워 있어도 잠이 오지 않는 것이다.

생각은 끝없이 이어지고
누워있어도 긴장은 풀리지 않는다.

그럴 때 억지로 자려고 애쓰지 말고
차라리 불을 켜버리자.

침대에서 일어나서 평소에 하고 싶었지만
시간이 없어서 못 했던 것들을 하자.
책을 본다든가 음악을 듣는다든가
드라마를 본다든가.

아무리 누워있어도 잠이 오지 않는다면
오히려 그런 방법이 더 도움 될 수 있다.
누워 있어도 어차피 지치기 때문에
자야 한다는 압박에서 벗어나
나를 위한 시간으로 새벽을 가득 채우는 것이다.

잠 못 이루는 밤이 길게 느껴지더라도
그 끝에는 반드시 아침이 찾아온다.
불면증에 시달리면서 스트레스받느니
그 시간을 나를 위한 시간으로 사용하자.
행복한 시간을 보내다 스르륵 잠들 수 있도록.

밤의 위로

아무도 쫓아오지 않는다

"너 왜 이렇게 빨리 걸어? 누가 쫓아와?"

오랜만에 친구를 만났다. 일정이 있어서 친구네 회사 근처에 간 김에 같이 점심을 먹고 커피를 마셨다. 날이 좋아서 산책을 하려는데 친구가 마치 뒤에서 누가 쫓아오는 것처럼 빨리 걷는 것이다. 따라오는 사람은 아무도 없었고 날씨가 무척 좋은 평일 점심이었는데 말이다. 회사에서 스트레스를 많이 받아서 그런지 걸음걸이가 빨라졌다고 한다. 그뿐만 아니라 일을 할 때도 초조함이 자꾸 느껴져서 시계를 보는 일이 늘어났다고 한다.

"스트레스를 많이 받았나봐,

아무도 안 쫓아오니까 천천히 걷자.

심호흡 좀 하고."

친구는 그제야 심호흡하더니 점점 느리게 걷기 시작했다.

초조함이라는 감정을 생각보다 많은 사람이 느낀다. 단순히 약속 시간에 늦어서 초조한 거라면 상관없다. 그건 정말 누구라도 초조해하는 상황이 맞으니까. 이렇다 할 이유가 없는데 괜히 초조하거나 또는 업무 스트레스, 인간관계에 대한 고충으로 초조함을 느끼는 사람들도 있다. 하지만 내가 생각하기에 가장 초조함을 많이 느끼는 경우는 타인과 나를 비교할 때가 아닐까 한다. 사람마다 다 다른 환경에서 다른 속도로 살아가지만 내 삶을 타인과 비교하기 시작하면 초조해지는 경우가 많다. 내 삶과 타인을 비교할 때 상대적으로 나보다 더 느린 사람과 비교하는 것이 아니라 나보다 더 빠른 사람과 비교하기 때문이다. 비교를 하기 시작하는 순간 자신의 삶은 온통 불만족스러워진다. 가

아무도 쫓아오지 않는다

끔은 점심도 거를 만큼 열심히 일했을 것이고 매 순간 진심으로 최선을 다했을 텐데 누군가와 비교를 하는 순간 그 모든 것들이 다 의미 없는 것이 되어버린다.

물론 긴장감, 초조함 같은 것들이 무조건 안 좋은 것은 아니다. 작가들이 마감이 가까워질수록 초조함을 느끼고 그 압박감은 오히려 작업물에 속도를 내게 해주는 것처럼 적당한 초조함과 긴장감은 오히려 문제 해결을 하는데 도움을 준다. 다만 지나치게 초조해하거나 이유도 모른 채 그 감정만 느끼는 것은 다른 문제다.

초조함을 느낄 때 잠시 멈추어 자신을 돌아보길 바란다. 지금 이 순간, 아무것도 이룬 게 없다고 느껴질지 모르겠지만 막상 하나씩 떠올리며 지난 시간을 돌아보면 분명 무언가를 이뤄냈다. 지금 당장 엄청난 성취가 눈에 보이지 않더라도 매일 하루를 살아냈고 견뎌냈고 버텨냈다. 더 나은 미래를 꿈꾸면서 지금 할 수 있는 일에 최선을 다하지 않았는가. 그거면 충분하다. 어차피 엄청난 미래는 열심히

산 오늘이 모여서 오는 것이기 때문이다. 잠시 숨을 고를 때다. 잠시 뒤를 돌아볼 때다. 잠시 멈출 때다. 아무도 쫓아오지 않는다. 괜찮다.

2장

감정의 주인

분노의 진짜 얼굴

진화적 관점에서 보면 필수인 감정이 있다. 바로 화다. 조상들은 포식자나 다른 위협으로부터 자신을 보호하기 위해 화를 사용했다. 화가 나면 투쟁 혹은 도피 반응이 활성화된다. 심박수가 증가하고 에너지를 신속하게 사용할 수 있고 집중력이 올라간다. 신체가 싸울 준비가 되는 것이다. 혹은 위험을 피할 준비를 하게 만든다. 빠른 시간 안에 신체적인 변화를 만들어내서 위험으로부터 벗어나거나 이겨내기 위해 인간은 화라는 것을 사용했다. 화는 생존 본능과 깊이 관련되어 있다. 그렇기 때문에 인간이 느끼는 감정 중 가장 강렬한 쪽에 속한다.

신체적인 변화뿐 아니라 심리적인 요인도 화를 더 돋우는 요소다. 불공정하다고 느껴지는 상황에서 화가 난다. 부당한 대우를 받거나 권리가 침해당했다고 생각할 때 화가 난다. 그런 순간에 화가 나는 것은 그래야 우리 자신을 보호하고 자신의 권리를 지키기 위한 강력한 동기가 되기 때문이다.

분노는 때로 우리에게 힘을 준다. 부당한 상황에 맞서 싸울 용기를 주고 생존할 수 있는 힘을 주고 문제를 해결할 수 있는 상황을 만들어준다. 하지만 이 감정이 제어되지 않는다면 큰 문제가 생긴다. 가장 강력한 감정이기 때문이다. 우선 분노가 느껴지면 그 감정이 어디에서 오는 건지 뿌리를 찾을 필요가 있다. 억누르거나 폭발해서 터져버리기 전에 우선 뿌리를 찾아야 한다. 생각보다 많은 사람이 화를 내지만 그 화가 어디서 오는 건지 모르는 경우가 많다. 내 감정을 들여다보는 일은 고통스러울 수 있지만 반드시 해야 하는 일이다. 어쩌면 내가 화날 수밖에 없다고 느껴지는 상황도 사실은 상황이 아니라 과거의 경험 때문일 수도 있고 금방 사라질 수 있는 감정이지만 내가 붙잡고 더 키우는 걸 수도 있기 때문이다.

또한 분노를 꼭 화를 내는 것만으로 표출할 필요는 없다. 공원을 뛴다거나 격한 운동을 하면서 에너지를 발산할 수도 있다. 혹은 그림을 그리거나 책을 읽거나 글을 쓰는 식으로 창의적인 활동이 도움 될 수 있다. 화를 내고 나면 기분이 좋아질 것 같지만 생각보다 좋아지지 않는다. 오히려 다른 감정이 더 얽혀서 복잡해지는 경우가 많다. 괜히 찜찜하달까. 하지만 격한 운동으로 분노를 표출하거나 창의적인 활동을 통해서 분노를 표출하면 잘했다는 생각밖에 안 든다.

분노는 우리 삶의 일부다. 하지만 그것을 어떻게 다루느냐는 다른 문제다. 강렬한 감정을 조금 더 현명하게 다룰 수 있는 나만의 방법을 찾아야 한다. 화가 난다고 화를 내는 순간 좋을 게 정말 단 하나도 없다.

예스맨

유명한 외국 배우인 짐 캐리 주연의 예스맨이라는 영화가 있다. 대출회사 상담 직원인 주인공은 매사에 NO라는 말을 달고 사는 부정적인 사람이다. 하지만 친구의 권유로 인생 역전 자립프로그램에 가입하면서 긍정적인 사고가 행운을 부른다는 규칙을 따르기 위해 모든 일에 YES라고 대답하기 시작한다. 번지점프도 YES. 모터사이클 타기도 YES. 뭐든지 다 할 수 있다는 자세로 YES를 외친다.

문제는 YES를 외치면 안 되는 상황에서도 그런다는 것이다. 접수되는 대출 신청서마다 꼼꼼히 검토하지 않고 무조건 YES. 온라인 쇼핑몰에서 구매를 강요하는 메일에도 YES를 외친다. 영화에서 이런 모습을 보면서 마냥 웃을 수 없었던 이유는 주변에서 이런 사람을 흔히 볼 수 있기 때문이다. 내 친구 중 한명도 이런 친구가 있었다. 누가 뭐라고 하든 자기가 좀 손해를 보든 안 좋은 얘기를 듣든 다 YES를 외치거나 웃으면서 넘어가는 친구였다. 처음엔 정말 성격이 좋다고 생각했는데 나중에 친해지고 알게 된 사실은 그런 자신의 성격으로 꽤 힘들어하고 있다는 거였다. 술만 마시면 그냥 넘겼던 것들이 떠올라서 괴롭다고 했다. 어느 날은 새벽에 전화와서 낮에 너무 화가 났는데 또 웃어넘기는 자신이 진짜 싫다고 했다. 조건이 너무 안 좋아서 무조건 거절했어야 하는데 또 그러지 못하고 알겠다고 하고 어떻게든 수습하느라 며칠 동안 밥도 제대로 못 먹었다고 했다.

무조건 YES만 한다는 것은 반대로 말하면 거절을 못 한다는 것이다. 인간은 사회적 동물로서 타인에게 인정받고 싶어 하는 본능적인 욕구를 가지고 있다. 거절을 잘 하지 못하는 사람들은 타인의 기대에 부응하지 못하거나 타인에게 실망을 줄까 두려워한다. 그 두려움은 타인의 요청을 무조건적으로 수용하는 것으로 이어진다. 그렇게 관계를 유지해야 마음이 편한 것이다. 혹은 높은 공감 능력을 가지고 있다. 거절을 해야하는 상황이 생긴다는 것은 부탁을 받는다는 것이다. 공감 능력이 높은 사람은 타인의 감정을 깊게 이해하기 때문에 실망하거나 상처받는 것을 원하지 않는다. 타인의 요구를 거절하는 것은 상대방에게 고통을 주는 행위라고 간주하고 이를 피하기 위해서 자신을 희생하는 경우가 많다. 할 수 없거나 버거운 일임에도 기꺼이 부탁을 들어주는 것이다. 이뿐만 아니라 자존감, 과거 경험, 정을 중요시하는 문화적 배경 등 복합적인 이유가 있다.

건강한 관계와 자기 관리를 위해서 거절은 필수다. 모두 제한된 시간과 에너지를 가지고 있으며 모든 것을 다 수용할 수 없다. 그러면 나만 소진될 뿐이다. 거절도 연습이 필요하다. 그 연습의 시작은 내가 생각하기에 가장 사소하

다고 생각할 수 있는 일에 NO라고 외치는 게 아닐까. 정중
한 거절은 이기적인 행위가 아니라 오히려 나 자신과 타인
모두를 지키는 일이다.

한 번에 하나씩

2023년에 서점가에 쏟아졌던 책 중 많은 부분을 차지한 키워드는 집중력이다. 집중력과 관련된 책이 많은 사람의 사랑을 받은 건 많은 사람이 집중력으로 고생을 하고 있기 때문이 아닐까.

현대 사회는 정보의 홍수다. 인터넷, 스마트폰, 소셜 미디어 등 다양한 매체를 통해서 끊임없이 정보를 보고 자극을 받는다. 알람이 하루에도 몇 번 울리는지 모른다. 이메일, 메시지, 소셜 미디어, 택배 문자까지 이러한 정보 과부하는 우리 뇌가 한 가지 일에 집중하기 어렵게 만든다. 여러 요소 중에서도 현대인의 집중력을 가장 분산시키는 건 스마트폰이 아닐까.

스마트폰만큼 일상에 깊숙하게 들어온 디지털 기기는 없다. 핸드폰으로 업무를 보고 친구와 소통을 하고 여가 시간을 보낸다. 친구와 대화를 하면서 다른 친구의 메시지에 답장을 보낸다. 미팅을 하다가 화장실에 다녀오는 그 잠깐 사이에도 누군가의 전화를 받거나 이메일을 읽어볼 수도 있다. 멀티태스킹을 안 하려고 해도 안 할 수가 없는 상황이다. 세상은 빠르게 변하고 모든 것은 속도를 요구하기 때문이다. 게다가 더 높은 성취만이 더 나은 삶의 척도처럼 느껴지는 사회 분위기는 집중력을 떨어트리기 딱 좋다.

아무것도 안 하고 가만히 있으면 불안하게 느껴지는 것도 집중력 문제다. 가만히 있는 것에 집중을 하지 못하는 것이다. 떨어진 집중력을 올리기 위해서 가장 먼저 해야 하는 것은 디지털 디톡스를 하는 것이다. 디지털 기기와 거리를 두는 연습을 반드시 해야 한다. 출근하는 날처럼 꼭 전자 기기가 있어야 하는 날을 제외하고 주말이나 휴가 동안 최대한 전자기기와 멀어지는 시간을 가지면 좋다. 그러다 보면 자연스럽게 오프라인 활동에 더 집중하게 된다. 앞에 있는 책을 보거나 주변 풍경을 구경하거나 친구와의 대화에 집중할 수 있다. 그러는 시간 동안 뇌는 휴식을 하고 내 삶은 조금씩 진정한 휴식을 하기 시작한다. 진정한 휴식을 해야 몸이 회복되고 그래야 어떤 것에든 집중할 수 있다. 만약 집중력이 떨어져서 금방 산만해지고 싫증이 난다면 이제 한 번에 여러 개가 아니라 한 번에 하나씩 해야 한다는 신호다.

세상을 더 따뜻하게 만드는 것

　기분이 태도가 되지 말자는 책 제목과 반대되는 이야기를 하나 해볼까 한다. 살다 보면 기분이 태도가 되어야 하는 순간이 있다. 바로 누군가에게 고맙다는 기분을 느낀 순간이다.

　많은 사람이 힘들다, 괴롭다, 도와달라 등의 부정적인 감정을 말로 표출하기 어려워한다. 하지만 부정적인 감정만큼 긍정적인 감정도 타인에게 표출하는 건 어렵다. 누군가에게 힘들다는 말을 하는 게 어려운 것처럼 누군가에게 진심으로 고맙다고 말하는 것도 어려운 일이다. 사실 고맙다는 말은 세 글자밖에 되지 않는다. 하지만 그 세 글자를 입 밖으로 꺼내는 일은 결코 쉽지 않다. 고맙다고 말하는 것은 마음을 열어 보이는 것이고 마음을 여는 건 기본적으로 어려운 일이기 때문이다. 누군가에게는 어색한 행동일 수도 있다. 어쩌면 내가 고맙다고 말한 것에 상대방이 어떻게 반응할지 두려울지도 모른다.

사람마다 자신만의 방식으로 감정을 표현한다. 하지만 표현 방식을 떠나서 감사라는 감정은 우리 일상에서 경험할 수 있는 감정 중 가장 따뜻한 감정이다. 고맙다는 말을 잘 꺼내지 못하다 보면 자기 자신에게도 고마운 마음을 표현할 수 없게 된다. 가까운 사람에게 진심으로 고맙다는 이야기를 하지 못하는데 어떻게 하루를 잘 끝마친 자기 자신에게 고맙다는 이야기를 하겠는가. 고마움을 표현하는 것은 부담스러운 일이 아니다. 감정에 충실한 행동이며 보통 감정에 충실한 행동은 부정적인 결과를 가져오지만 오로지 긍정적인 결과만 가져오는 것이 감사함을 표현하는 일이다. 나와 상대방 모두를 따뜻하게 만드는 것이다.

고맙다는 말도 연습이 필요하다. 고마운 마음을 표현하기 제일 좋은 날은 오늘이다. 사랑하는 사람에게 가까운 사람에게 혹은 나 자신에게 마음을 표현해 보자.

목표를 더 많이 달성하는 법

새해가 되면 올해 이루고 싶은 계획을 잔뜩 세운다. 월요일에도 계획을 세우고 달이 바뀌는 1일에도 계획을 세운다. 하지만 모든 계획은 지키는 것보다 지켜지지 않는 것이 더 많다. 그럴 수 있는 일이다. 원래 인생은 계획한 대로 흘러가지 않는 법이니까. 다만 이런 상황이 반복되다 보면 좌절감에 빠지기 쉽다.

살다 보면 크고 작은 목표를 세운다. 때로는 멀리 있는 것처럼 보이고 때로는 손 뻗으면 닿을 것처럼 느껴지기에, 수없이 도전하고 또 실패를 경험한다. 실패했다는 것은 목표를 세웠다는 뜻이다. 목표에 도달하는 사람보다 도달하지 못하는 사람이 훨씬 많다. 실패는 당신이 무능력하거나 부족하다는 것을 의미하지 않는다. 인간 모두에게 일어나는 일이다. 하지만 잦은 실패로부터 나 스스로를 보호하기 위해서는 목표를 더 많이 달성할 수 있는 방법을 터득하면 좋다. 내가 생각하기에 목표를 달성하는 가장 좋은 방법은 목표 자체를 구체적으로 설정하는 것이다.

예를 들어 다이어트 하기, 라고 너무 광범위하게 잡으면 목표를 이룰 확률이 낮아진다. 분명 다이어트로 원하는 내 몸은 기준이 높을 것이고 운동을 하다 말다, 하다 말다, 반복하다 보면 실패했다고 느낄 확률이 높기 때문이다. 하지만 목표를 구체적으로 세우면 이야기가 달라진다. 한 달에 2kg 감량하기. 운동 많이 하기가 아니라 일주일에 두 번 헬스장 가기. 이런 식으로 구체적으로 정해 놓으면 이루기가 더 쉬워진다. 그동안 세웠던 목표를 떠올려보면 추상적으로 접근했던 경우도 생각보다 많을 것이다. 목표는 구체적으로 정해야 한다. 그래야 이루기가 더 쉬워진다.

그리고 마지막으로 목표에 대해서 꼭 알고 있으면 좋겠는 사실은, 시간이 필요하다는 것이다. 무언가를 이루고 달성하는데는 반드시 시간이 필요하다. 점점 더 빠른 결과를 원하는 세상에서 무언가를 기다린다는 것이 쉽지 않지만 내가 원하는 것을 달성하기 위해서는 반드시 시간이 걸린다. 이 사실만 잊지 않더라도 목표를 향해 나아가는 과정에서 덜 스트레스 받을 수 있다. 반드시 시간이 걸린다. 얼마가 됐든.

목표를 더 많이 달성하는 법

용서하는 시간

홀로 깊은 생각에 잠길 때면
때때로 자신을 미워하고는 한다.
과거의 실수와 실패
그리고 충족하지 못한 기대들이
마음을 짓누른다.

우리는 모두 완벽하지 않다.
실수하고 때로는 후회도 하고
잘못된 선택을 내리기도 한다.
실수와 실패는 더 나은 사람이 되어가는

과정 중에 겪을 수밖에 없는 일이다.

스스로를 미워하지 말자.
그런 마음을 품으면 계속 깊은 상처가 생긴다.
내가 했던 실수와 실패는 내 인생의 전부가 아니다.
그저 단지 한 부분일 뿐이다.

스스로를 용서해 주자.
다음번에 더 잘하면 그만이다.

용서하는 시간

사랑받고 싶은 욕구

진화론적인 관점에서 보면 인간은 사회적 동물이다. 생존하기 위해 다른 사람들과의 관계를 형성하고 유지해야 한다. 무리 지어서 생활하면서 서로를 보호하고 도와줘야만 생존할 수 있었다. 인간의 뇌는 사회적 유대 관계를 위해서 사랑과 애정을 느끼도록 진화했다. 사랑받을 때 분비되는 각종 호르몬은 기쁨과 안정을 준다. 어린 시절 부모나 선생님 등 보호자로부터 사랑과 관심을 받으면 안정감을 느끼는 것과 비슷하다. 이뿐만이 아니라 사랑받고자 하는 욕구는 생물학적, 심리적, 사회적 측면 등 다양한 요소로 우리 삶에 깊이 뿌리 박혀 있다.

인간은 타인의 사랑을 통해 자신이 가치 있는 존재임을 확인받고 마음의 안정을 찾는다. 문제는 지나치게 타인의 사랑을 갈구할 때다. 지나치게 타인의 사랑을 갈구하게 되면 타인의 기대에 맞추려고 필요 이상의 노력을 하게 된다. 타인의 기대에 부응하려고 애쓰는 사이, 자신이 사라져 버린다. 내가 뭘 원하는지, 내가 어떤 사람인지, 지금 나는 행복한지, 이런 기준들이 모두 사라지는 것이다. 사랑은 삶을 살아가는데 절대적으로 필요한 요소다. 하지만 타인의 사랑을 위해 자신을 버리는 건 옳지 못하다. 타인의 사랑 없이도 곧게 서 있으려면 내가 나를 사랑하는 게 먼저여야 한다. 행복하고 건강한 삶을 사는 것의 첫 번째는 자기 자신을 사랑하는 것이다.

인간은 누구나 다 사랑받고 싶은 욕구가 있다. 그 욕구 자체를 부정할 순 없지만 타인의 사랑을 받기 위해 자신의 가치를 낮추는 일은 하지 않아야 한다. 나는 그 무엇보다 소중하고 그 무엇보다 존재만으로도 사랑받을 자격이 있기 때문이다. 사랑은 주고받는 것이다. 타인에게만 건네고 타인에게만 갈구하던 사랑은 자기 자신으로 돌려야 한다. 내가 나에게 사랑을 주고 내가 나에게 사랑을 받는 것이다.

잊지 말자. 타인에게 사랑받기 위해 자신의 가치를 낮출 필요는 없다. 존재만으로도 사랑받을 자격이 충분하다 우리는.

내 감정을 들여다보는 일

기분이 태도가 되지 않기 위해서는 자신의 감정을 잘 들여다봐야 한다. 그러기 위해서는 어떤 것을 하면 좋을까? 마치 배우들이 독백 영상을 찍듯 카메라를 앞에 세워두고 혼잣말을 해야 할까? 아니면 면접을 보듯 스스로에게 질문을 해야 할까? 두 가지 다 나쁜 방법은 아니지만 진입 장벽이 높다.

추천하는 방법은 일기 쓰기다. 마음이 힘들어서 병원을 찾았을 때 수많은 의사가 일기 쓰기를 추천한다. 괜히 일기 쓰기를 추천하는 것이 아니다. 하얀 종이 위에서 무언가를 적어내려고 하면 그 재료는 나 자신이 된다. 요즘 힘든 일이 많아서 그것만 주야장천 적어내든 이별 후유증으로 마음이 미어져서 슬픈 이야기만 주야장천 쓰든 상관없다. 하얀 종이 위에 무언가를 채우기 위해서는 결국 자신의 마음을 들여다볼 수밖에 없다는 사실이 중요하다.

일기를 쓰다 보면 크게 세 가지 경험을 할 수 있다.

첫 번째는 생각보다 내가 내 감정을 들여다보고 글로 쓰는 게 쉽지 않다는 것을 알게 된다. 오늘 하루를 살아낸 것은 분명 나인데 내가 어떤 감정을 왜 느꼈는지 잘 모른다.

두 번째는 생각보다 한번 감정이 터지면 꽤 깊어진다는 것이다. 분명 나는 그냥 조금 무기력하다고 생각했는데 막상 글로 정리하다 보니 내면에 쌓인 게 꽤 많다는 것을 알게 된다.

세 번째는 그런 과정을 거치면서 나의 감정을 종이 위

에 털어놓고 나면 후련해진다는 것이다. 마치 속 시원하게 울고 난 것처럼 마음의 해방을 느낄 수 있다.

  내가 내 감정을 잘 모르겠다면 일기 쓰기부터 시작해야 한다.

약속을 하면 안 되는 때

유명한 격언 중에 그런 말이 있다. "화가 날 때 행동하지 말고 기분이 좋을 때 약속하지 마라." 이 말은 기분이 좋을 때 얼마나 자제력을 잃기 쉬운지를 보여주는 말이다.

많은 사람이 그런 의문을 품을 수 있다. 기분이 좋은데 왜 조심해야 하지? 좋은 게 좋은 거 아닌가 하고 말이다. 하지만 기분이 좋거나 몹시 행복할 때는 생각보다 위험하다. 모든 것이 잘 풀리고 마음속에 행복함이 가득하고 온통 기분 좋음을 느끼는 상태에서는 세상을 다 가진 것처럼 느껴진다. 현실을 잊고 감정에 휘둘러서 과도한 행동을 하기 딱 좋은 상황이 되는 것이다.

이미 세상을 다 가진 것처럼 느끼고 행복감에 젖어있으니 현실을 과소평가한다. 과소평가한 현실을 토대로 무리한 결정을 내리거나 지나친 행동을 할 위험이 있다. 뭐든 다 할 수 있을 것만 같은 기분이 들기 때문에 자신의 한계를 고려하지 않은 무책임한 약속을 하게 될지도 모른다. 여기서 중요한 것은 좋은 감정 자체를 부정하라는 것이 아니다. 좋은 감정을 충분히 느끼지만 그 안에서 중심을 잡아야 한다는 말이다. 아무리 기분이 좋고 격양되어 있는 상태더라도 객관적으로 바라보며 무언가를 선택할 때 신중해야 한다.

행복한 순간을 즐기지만 그 안에서 자제력을 잃지는 말자. 기분이 좋아서 무리한 선택을 내리면 훗날 더 큰 갈등이 생길 수 있다.

약속을 하면 안 되는 때

쉬어갈 순간

몸과 마음이 마치 무거운 짐을 지고 있는 것처럼
느껴질 때가 있다. 하루하루 지나갈수록 더 무거워지고
모든 에너지가 다 소진되는 기분이다.
이젠 한계에 다다른 기분이 든다.

그럴 때 필요한 것은 잠시 멈추는 것이다.
휴식해야 하는 때가 찾아온 것이다.

멈추는 것이 불안할 수도 있지만
잘 멈춰서 잘 쉬고 나면

오히려 더 멀리 갈 수 있다.

휴식은 나태한 것이 아니라
더 멀리 가기 위해서 꼭 필요한 행위다.
쉬어가자. 그래야 멀리 갈 수 있다.

열정이라는 불씨

알람 소리가 들리지 않아도 알아서 아침에 눈이 떠진다. 누가 시키지 않아도 알아서 책을 읽고 업무를 더 잘하기 위해 퇴근 후에도 학원에 다닌다. 혹은 학생이라면 누가 시키지 않아도 늦게까지 공부를 할 수 있다. 아무리 공부를 해도 지치지 않는다. 이렇게 삶에 열정이 가득한 시기가 있다. 반면 그 무엇을 해도 미지근하게 느껴지는 시기가 있다. 무엇을 해도 만족스럽지 않으며 쉽게 피곤해진다. 계속 누워 있고 싶고 그 어떤 것도 의미가 없다고 느껴진다. 이렇게 열정이 아예 사라진 것처럼 느껴지는 순간도 있다.

어느 순간 내 안에 열정이 모두 사라진 듯한 경험을 한다. 이유는 다양할 것이다. 반복되는 일상, 오래 해결되지 않는 문제, 감당할 수 없는 스트레스는 사람을 지치게 만든다. 열정이 사라진 인생은 마치 실패한 인생처럼 보인다. 잘못된 것처럼 느껴지기도 한다. 하지만 열정이 강한 시기가 있으면 반대로 열정이 없는 시기도 있는 것이다. 그럴 땐 다시 불을 지피면 된다.

원래 내가 세운 목표가 더는 나에게 흥미를 주지 않는다면 새로운 목표를 설정해야 한다. 크든 작든 상관없다. 내 가슴을 두근거리게 하는 무언가를 찾아야 한다. 아니면 내가 길을 잃지는 않았는지 돌아봐야 한다. 내가 나 자신을 잃어버렸을 때 삶의 열정이 사라진다. 혼자만의 시간을 충분히 보내면서 내면의 소리에 귀를 기울일 필요가 있다. 혹은 너무 혼자서만 해내려고 하지 않았나 되돌아보는 것도 좋다. 모든 것을 혼자 해결할 필요는 없다. 친구, 가족, 동료들과 서로 지지하고 응원하는 과정에서 다시 열정이 피어오를 수 있다.

열정이라는 불씨

열정이 사라졌다고 느껴졌을 때 잘못됐다는 생각은 안 했으면 좋겠다. 지금 잠깐 열정이 사라졌다고 해서 영원히 사라진 것은 아닐 테니 말이다. 금방 열정의 불씨가 타오를 것이다. 지금껏 그래왔던 것처럼 말이다.

바뀐 계절을 맞이하는 법

우리는 계절이 바뀔 때마다 주변 환경을 바꾼다. 침구류를 갈고 때에 맞춰 히터나 에어컨과 같은 가전기기를 준비한다. 또 바뀐 계절 때문에 조금이라도 덜 아프기 위해 절기마다 어울리는 보양식을 찾기도 한다. 별것 아닌 것 같지만, 이런 노력들은 조금씩 쌓여 우리가 시시때때로 변하는 환경에 더 잘 적응할 힘과 영양소가 되어준다.

우리를 둘러싼 세상이 그런 것처럼, 마음의 날씨와 계절 역시 멈춰 있는 일이 없이 끝없이 변화한다. 어제는 맞다고 생각했던 것이 오늘은 틀린 것이 될 수 있으며 오늘

싫어했던 것을 내일은 좋아하게 될 수도 있다. 나는 절대 바뀌지 않을 거라고, 언제나 한결같을 것이라고 각오해도 소용없다. 사실 마음이라는 것은 나 혼자만의 것이 아니기 때문이다. 내가 만나는 사람들이나 내가 새롭게 겪거나 알게 되는 것들에 따라 취향과 기분, 성격까지 얼마든지 변할 수 있다.

그러므로 계절의 흐름에 맞춰 옷차림과 집안 사물의 배치, 영양적인 것들을 유기적으로 조절하는 것처럼, 우리 마음에 관한 것들 역시 부지런히 관리해 줄 필요가 있다.

어려운 일들이 몰려 있는 시기에는 실수나 실패를 맛볼 확률이 높아지므로 스스로에게 엄했던 평소의 태도를 잠시 내려두는 것이 좋다. 평소보다 사람을 만나 대화를 나눌 일이 많아질 때는 누군가의 부정적인 감정에 전염되어 그를 다른 사람들에게 퍼 나르지 않도록 '마음의 위생 관리'에 힘써야 한다. 좋아했던 것들이 이상하게 심드렁하게 다가오고 싫어했던 것들이 나쁘지 않은 것 같다고 여겨지면, 가끔은 환기를 시키듯 마음의 창을 열고 내 기분과 취향이 자연스레 흐르도록 두는 것이 좋다.

그리고 이 모든 일들을 하기에 앞서 나의 기분과 태도가 변하는 것이 절대 나쁜 일이 아니라는 것과 계절이 바뀌듯 당연한 일이라는 것을 몇 번이고 스스로에게 상기시켜 줄 필요가 있다.

마음 앞에서 힘껏 민감해지자. 그리고 부지런히 반응하자. 계절이나 날씨가 바뀜에 따라 힘껏 기분을 달리하는 것과 내 힘으로 어떻게 할 수 없는 일이라는 생각에 자포자기하며 내 주변의 모든 것을 방치하는 것은 다른 이야기니까.

나를 사랑하는 일도
구체적으로

물건이 됐건 어떤 행위가 됐건, 무언가가 좋다는 이야기가 들리면 사람들은 무작정 그것에 뛰어들기부터 한다. 물론 그 분위기가 과열되기 전에 일분일초라도 빠르게 그것을 선점하면 더 많은 이익을 취할 수도 있기에 그러한 성급함이 이해될 때도 있다.

하지만 때로는 그게 도리어 부작용이나 손해를 가져다주기도 한다. 지금 뛰어들고자 하는 것이 정확히 무엇인지 어떤 방법으로 접근해야 할지 충분히 숙고하지 않고 무작정 시작부터 하다 보니 예상치 못한 변수를 만나 낭패를 보게 되는 것이다. 마치 수심이 어느 정도일지도 파악하지 않고 다이빙부터 하게 되어 큰 부상을 입게 되는 것처럼.

'나를 사랑하는 일' 역시 마찬가지다. 몇 해 전부터 하나의 문화현상처럼 스스로를 사랑하라는 말이 세상을 뒤덮기 시작했다. 서점을 둘러봐도 노래를 들어봐도 나 자신을 사랑하자는 말이 가득하다. 이제 세상 사람 모두가 스스로를 사랑해야 한다는 걸 안다. 하지만 그들이 전부 자신을 올바르게 사랑하는 방법을 알고 있을까?

스스로를 사랑한다는 것은 사실 말만큼 쉬운 일이 아니다. 방법도 모르는 채로 저지르기부터 하면 결과적으로 자신을 더 미워하게 될 수도 있고 나만을 신경 쓰다 보니 주변에 피해를 끼치게 될 수도 있다.

그러므로 나 자신을 제대로 사랑하기 위해, 나름의 단계를 정해두고 체계적으로 시작하는 것이 좋다. 가장 먼저는 나를 파악해야 한다. 내가 정말로 원하는 것은 무엇인지. 나는 나에게 어떤 일을 해주었을 때 스스로에게 사랑받고 있다고 느끼는지를 제대로 알아야 한다. 파악이 끝나면 그때부턴 일회성에 그치지 않도록 꾸준히 그것들로 나를 챙겨주는 것이다. 마지막으로는 스스로를 향한 다정에도 면역이 생길 수도 있음을 인정하고 내가 점점 더 좋은 것을 누릴 수 있도록 동기를 얻고 열심히 살아가는 것이다. 그런 단계에 접어들기 시작하는 순간 나는 나를 위해 살 줄 아는 사람, 즉 진정으로 '행복한 사람'이 된다.

내가 나를 사랑해 주는 수단, 지금 내가 나에게 해줄 수 있는 것들이 당장은 대단한 게 아니더라도 좋다. 남들에겐 그다지 의미 없게 다가오는 것들도 나에게만큼은 얼마든지 좋게 작용할 수 있기 때문이다. 중요한 것은 내가 나를 얼마나 잘 아는지, 얼마나 꾸준한지, 앞으로 얼마나 나아질지에 달려있다. 당신이 당신을 올바르게 사랑할 줄 알게 되기를 바란다.

감정 기복
심한 사람들의 특징

1. 급격한 기분 변화

감정 기복이 심한 사람들은 짧은 시간 안에 기분이 급격하게 변한다. 엄청 행복해하다가도 갑자기 슬퍼지거나 화를 내는 경우가 있다.

2. 감정의 극단성

급격하게 감정이 변할 뿐 아니라 감정의 깊이가 깊다. 기쁠 때는 엄청 행복해 하고 흥분하거나 슬프거나 화날 때는 또 심각할 정도로 낙담하고 분노한다.

3. 높은 민감함

외부 자극에 민감하게 반응하는 편이다. 다른 사람의 말과 행동을 더 세밀하게 받아들이며 작은 일에도 크게 기뻐하고 크게 상처받을 수 있다.

4. 충동적인 행동

감정이 극단적으로 변할 때 그것을 해소하기 위해 충동적인 결정을 내리고는 한다. 갑자기 과식을 하거나 어딘가로 떠난다거나 충동적으로 무언가를 살 확률이 높다.

5. 스트레스 취약성

스트레스를 받는 상황이 오면 평소보다 감정의 진폭이 더 커진다. 보통 사람들이 느끼는 스트레스도 감정 기복이 심한 사람에게는 큰 영향을 미칠 수 있다.

감정 기복이 있으면 자신도 힘들다. 감정의 파도 속에서 중심을 잡고 헤쳐 나가는 일은 절대 쉽지 않다. 추웠다가 더웠다가 반복하면 감기에 걸리는 것처럼 온종일 기쁘더라도 갑자기 슬퍼지고 슬프다가도 갑자기 행복해지다 보면 마음도 감기에 걸리기 쉽다. 그런 모습 때문에 주변 사람이 힘들어하지만 사실 제일 힘든 것은 본인일 것이다. 감정 기복이 심한 것은 잘못이 아니다. 단지 마음이 다양한 감정을 깊이 느낄 뿐이다. 감정 기복을 관리하는 연습을 하면 된다. 명상, 호흡, 운동 등 다양한 방법이 있을 수 있지만 제일 먼저 해야 하는 건 내가 남들보다 조금 더 다양하고 깊은 감정을 느끼는 사람이라는 걸 받아들이는 게 아닐까. 흔들림 속에서도 평온을 찾기 위해선 내가 나를 먼저 받아들여야 한다.

미신에라도 기대는 이유

우리는 그야말로 무속의 나라라고 해도 될 만큼 많은 사람이 점술과 역술에 빠져있다. 영화에도 예능 프로그램에도 무당이 쉴 새 없이 등장하고 달이나 해가 바뀔 때마다 그를 앞두고 미리 운세를 보곤 한다.

그런 것을 미신으로 치부하며 믿지 않는 사람들은 그러한 모습들을 보며 혀를 찬다. 그저 과학적이지 못한 속설에 불과할 뿐인데 왜 그렇게도 멍청하게 그런 데에 시간과 돈을 소비하는지 모르겠다고.

하지만 그들 모두가 정말로 다만 멍청해서 그런 것들을 찾는 것일까? 아니다. 바보라서 운세를 보고 점을 보는 게 아니다. 물론 진심으로 그것을 믿는 사람들도 있기는 있지만, 대부분의 경우엔 그저 자신에게 믿음이 필요하고 듣고 싶은 말이 따로 있기 때문에 그런 것들에 의존할 뿐이다.

'잘될 것이다.' '하던 일을 열심히 하고 착하게 지내다 보면 결국 지금의 이 힘든 것도 다 풀릴 것이다.' 그런 말을 나 스스로가 아닌 타인에게 들어야만 조금 마음이 괜찮아질 것 같아서 그런 것이다. 그러니까 어쩌면 사람들에게 필요한 것은 정말 잘 듣는 부적이나 주술적인 의식이 아니라 그저 확신을 주는 진심의 말 한마디일지 모른다. 실제로 그런 사람들에게 진심 어린 응원과 위로의 말을 건네보면, 그들은 이게 이렇게까지 고마워할 일인가 싶을 정도로 감동하고 고마워하는 모습을 보인다.

어쩌면 사람들은 정말 잘 통하는 친구를 원하는 것도, 혼자서가 아니라 짝을 이루어 지내려 하는 것도 삶을 살며

마주하는 여러 상황 앞에서 확신을 얻기 위한 본능 때문일지도 모른다.

누군가가 사주나 운세 같은 것에 기대거나 자기만의 징크스나 강박에 얽매여 있다면 너무 바보 같다고만 여기지 말기를. 잘 들여다보면 그것도 다 잘 살고 싶어서 그러는 것일 테니까.

가진 것이 더 많다

공원에서 짜증을 내면서 우는 아이를 본 적이 있다. 울면서 하는 말을 들어보니 그 사정이 어느 정도는 짐작이 갔다.

무릎을 보아하니 공원을 뛰어놀다가 넘어진 모양이었다. 크게 다친 건 아니었지만 쓰라린 건 어쩔 수 없었는지 자꾸만 짜증이 나는 모양이었다. 그래서 괜히 부모에게 더 떼를 쓰고 짜증을 내고 있었던 것이다.

그런데 조금 더 자세히 보니 웃긴 점이 하나 있었다. 그렇게 짜증을 내는 와중에도 양손에는 아이스크림과 과자를 비롯한 온갖 군것질거리를 손에 꼭 쥐고 있었던 것이다. 그렇게 손에 쥐어진 것들만 봐도 부모가 그 아이를 얼마나 끔찍하게 아끼는지를 알 수 있었다.

'아무리 좋은 것들을 쥐고 있다고 해도 결국엔 아주 작은 상처 하나에 불행해하는구나.'

그런 생각을 했다. 정말 왜 그런 건지도 알 수 없고 어쩌면 그렇게 애꿎은 건지도 알 겨를이 없지만, 사람은 자신도 모르게 긍정적인 것보단 부정적인 것에 집중하는 경향을 타고났다. 얻은 것이 아닌 잃은 것만 생각하고 누린 것이 아닌 당한 것만 생각하는 것이다.

이것을 다르게 이야기하면 나쁜 것에만 집착하려 하는 관성을 내려두는 순간 좋은 것들이 많이 보이기 시작한다는 뜻이 된다.

울었던 날의 인상이 강했을 뿐 울었던 날보다 웃었던 날이 훨씬 많았을 것이다. 어쩌다 일을 망쳐버린 날을 오래 기억했겠지만 그 하루를 제외한 수많은 날은 누구보다도 멋지게 맡은 일을 해냈을 것이다. 나를 미워하는 사람 때문에 골머리를 썩였겠지만 사실은 나를 사랑해 주는 사람들이 알게 모르게 나를 지켜주고 있었을 것이다.

하지만 그런 사실들은 내가 알아채지 않으면 절대로 내게 먼저 행복감을 가져다주지 않는다. 불행의 관성에만 몰두하고 있는 나는 늘 그랬던 것처럼 부족한 것만 생각하고 불평만 할 것이다. 그리고 그 부정적인 생각에 갇혀 있다 보니 더욱 부정적인 상황으로 나 자신을 내몰기만 할 것이 뻔하다. 내가 언젠가 공원을 걷다가 본 어린아이처럼 말이다.

우리는 모두 인생이라는 거대한 존재 앞에서는 자주 넘어지고 다치는 어린아이에 불과하다. 아무리 조심하며 달린다고 하더라도 어쩔 수 없이 넘어지는 순간들은 앞으로도 계속 있을 것이다. 하지만 그때마다 짜증만 내기보단,

가진 것이 더 많다

'조금 아프긴 한데 괜찮아. 나는 좋은 것들을 훨씬 더 많이 손에 쥐고 있으니까.'라고 말할 줄 아는 태도도 필요하다. 나쁜 시선에는 나쁜 것들만 보이고 좋은 시선에는 좋은 것들만 보일 테니까. 좋은 것들을 많이 볼수록 나는 조금씩 더 행복이 있는 쪽에 가까워질 테니까.

정말로 혼자인 게 좋아서

언젠가부터 인싸(인사이더)라는 말은 나이스하고 멋진 이미지를 풍기고 아싸(아웃사이더)는 후줄근하고 초라한 이미지를 풍기는 것 같다. 그게 정말인지와는 상관없이 언젠가부터 누군가가 그렇게 법으로 정해둔 것만 같다.

"여기서 뭐 해? 왜 혼자 있어?"
"넌 왜 혼자 밥 먹어?"

혼자 있는 사람들에게 이런 말을 건네는 것은 일종의 걱정과 염려의 표현이 된 지 오래다. 혼자서 밥을 먹는 것

정말로 혼자인 게 좋아서

은 정말 안타까운 일인데, 지금 너는 왜 혼자 밥을 먹고 있느냐고. 하지만 왜 이런 사실은 모를까. 어떤 사람은 정말로 혼자 밥 먹는 것을 더 좋아한다는 걸.

나는 혼자서 밥 먹는 걸 좋아한다. 혼자서 밥을 먹을 때는 내가 원하는 속도에 따라 내가 원하는 만큼 마음대로 먹을 수 있는 반면, 누구라도 같이 식사하는 사람이 생기면 그 사람이 밥을 먹는 속도에 어쩔 수 없이 신경을 쓰게 되고 시시때때로 그 사람과 대화도 나눠야 하기에 체하기 일쑤였다.

'아저씨는 왜 혼자 밥 먹어요?'라고 묻는 낯선 어린아이의 말에, 누군가가 '혼자 먹으면 아저씨 혼자 맛있는 반찬을 다 먹을 수 있기 때문이란다.'라고 답했다는 일화를 처음 들었을 때는 조금은 걱정하는 마음으로 자신을 보던 아이를 안심시키기 위해 그런 말을 했던 거구나 생각했었다. 하지만 이제는 생각을 바꿨다. 그 아저씨는 정말로 혼자서 밥 먹는 일을 좋아해서 그곳에 혼자 있었던 건지도 모른다고.

평소 성격이 얼마나 외향적인지 내향적인지와는 관계없이 누구에게나 혼자가 편할 때가 있다. 어떤 일 때문에 마음이 너무 복잡하거나 방금전까지 누군가와 너무도 소란스러운 시간을 겪고 났을 때, 또는 누군가와 관계를 맺느라 줄 수 있는 다정함이나 진심이 바닥을 드러냈을 땐 차라리 혼자인 게 낫다. 역시 혼자보단 둘이 낫겠다고 맹신하고 억지로 타인과 함께하기를 택한다면 이내 마음과 체력이 금방 바닥을 드러내고 말 것이다.

혼자 있는 일을 잘해야 누군가와 함께 있는 일도 잘한다. 쉴 때 푹 쉴 줄 아는 사람이 일할 때도 더 열정적으로 일에 임할 수 있는 것처럼 말이다. 그러므로 당신도 혼자가 편할 때는 떳떳한 혼자가 되어라. 혼자라서 좋은 것들을 더욱 힘껏 만끽해라. 그러면 곧 보이지 않는 곳에서 어마어마한 행복감이 당신과 함께해줄 테니까.

정말로 혼자인 게 좋아서

·· ✳

잘한 것을 기록하는 일

보통의 학창 시절을 거쳤다. 아주 부족하지도 뛰어나
지도 않은 성적에 머물며 나름대로 최선의 성적을 내기 위
해 안간힘을 썼다. 가끔은 땡땡이를 치기도 했지만 독서실
도 학원도 열심히 다녔다. 그리고 내게는 그때마다 피어오
르는 의문이 있었다.

'오답 노트는 있는데 왜 정답 노트는 없는 거지?'

워낙 뜬금없는 의문, 사람들에게는 바보 같다고 여겨질
만한 의문이었기에 그를 입 밖으로 내지는 않았다. 하지만

진심으로 궁금했다. 물론 오답 노트라는 걸 만드는 이유가 틀렸던 것을 기록해 부족함을 개선하고 한 번 틀렸던 것을 다시 틀리지 않도록 하기 위함이라는 것은 잘 알았다. 하지만 그래도 정답 노트도 함께 있으면 좋은 거 아닌가? 정답 노트까진 아니더라도 극찬 노트나 장점 노트 같은 걸 만들 수도 있는 것 아닐까?

나의 잘못한 점이나 단점만을 다그치는 교육 방식 아래에서 공부한 학생들은 성인이 되고 나서도 지나치게 위축되어 있는 경향이 있는 것 같다. 자책만 할 줄 알고 마음껏 기뻐할 줄은 모른다. 좋은 의견이 있다고 해도 주눅이 들어 그것을 말하지 못한다. 물론 특유의 국민성이나 문화권의 영향도 있겠지만, 나는 이러한 공부나 교육의 방식 역시 그에 한몫을 한다고 생각한다.

틀린 것을 다시 틀리지 않도록 하는 것도 중요하지만 잘했던 것을 되새겨 자신감을 보충해 주는 것도 그만큼이나 중요하다고 믿는다. 또 맞았던 것을 이미 맞았으니 방

잘한 것을 기록하는 일

치하는 것보다는 내가 잘하고 잘 아는 부분이니까 더욱 개발하는 방향이 장기적으로 봤을 때는 자기만의 무기를 만드는 데에 도움이 되지 않을까? 세계 곳곳의 위대한 사람들을 보더라도 어느 수준에서 정체된 지식이 아니라 발전된 수준의 지식이 있어야만 생겨나는 창의성도 있다는 것을 알 수 있다.

늦지 않았다. 이제부터라도 좋으니 자책만 하지 말고 스스로 칭찬도 해주어야 한다. 그래야 나도 더 잘할 것이다. 칭찬을 들은 고래처럼 거대한 가능성과 능력이 뿜어져 나올 것이다.

자존감 높이기 4원칙

1. 자기암시

사람들은 대개 자신이 외부로부터 오는 모든 말을 전부 듣는다고 생각하지만, 사실 제대로 듣지 못하고 흘려보내는 말도 많다. 일례로 자존감이 낮아진 상태에서는 자신에 관한 좋은 피드백을 제대로 듣지 못한다. 자기암시가 필요한 이유도 바로 이 때문이다.

'나는 충분히 잘할 수 있다', '나는 가치 있는 사람이다'와 같은 말을 입으로 소리 내어 말하면, 그 말을 나의 실체적인 귀가 듣는 동시에 무의식의 귀도 같이 듣는다. 그리고 그러한 암시들이 무의식중에 암암리에 새겨지면, 우리는 위기에 처하거나 강력한 능력의 발현이 필요할 때 그 암시를 비상식량처럼 사용할 수 있게 된다.

2. 성공했을 때의 내 모습 생각하기

오 년 후와 십 년 후의 나는 어떤 사람이 되어 있을지, 어느 정도의 성공을 거뒀을지를 '희망적'으로 생각하는 일은 지금의 나를 움직이고 싶어서 안달이 나도록 만든다. 시각적인 자료들을 활용하는 것도 좋다. 갖고 싶은 물건, 타고 싶은 차, 살고 싶은 집의 사진을 눈에 보이는 곳 곳곳에 두면서 이것들과 어울리는 사람, 충분히 이것들을 누릴 자격이 있는 사람이라고 스스로의 사기를 북돋아 주는 것이다.

3. 지난 성과 되돌아보기

어떤 스포츠 종목의 명문 구단과 그렇고 그런 구단을 구분 짓는 것은 '얼마나 그들의 유산을 잘 정리해 두었는지'에 달려 있다고 한다. 제대로 된 진열장에 눈에 잘 보이게 트로피를 전시해 두는 스포츠팀과 트로피를 아무도 볼수 없는 창고에 처박아두는 팀의 동기부여는 당연히 차이가 날 수밖에 없다.

4. 작은 성과를 작게 여기지 않기

작은 것들을 무시하고 커다란 것들만을 좇다 보면 지치기 마련이다. 인생이란 짧고 굵게가 아니라 가늘더라도 오래 그리고 멀리 가야 하는 지구전이다. 언젠가 커다란 성과를 맛보기 위해서는 그곳까지 가서 닿을 그때그때의 작은 성취감과 칭찬이 필요하다. 그러니 작은 성과를 작게 여기지 말고 일일이 기뻐하고 서로 축하해주는 태도가 지금의 당신에게 무엇보다도 절실히 필요하다.

3장

기분을 관리하면 인생이 달라진다

수신인 본인

텔레비전 프로그램을 보면 가끔 편지를 읽는 장면을 볼수 있다. 누군가에게 자신이 쓴 편지를 읽어주거나 멀리에 있는 사람에게 영상 편지를 보내는 식이다.

편지를 보내는 사람들의 감정 변화는 놀라울 정도로 비슷하다. 처음에는 멋쩍은 듯이 웃으며 편지를 읽다가 중반쯤부터 목소리가 떨리기 시작하더니 이내 눈물을 흘리기 시작하는 것이다. 그때마다 그들은 주변의 사람들보다도 더 당혹스러워한다.

"잠깐만요. 죄송해요. 내가 왜 이러지?"

그 당혹스러움은 연기가 아니다. 나는 정말로 괜찮은 줄 알고 있었는데 사실 그게 아니었던 것이다. 자기도 외면하고 있거나 모르고 있었던 진심을 갑자기 마주하여 놀랐기 때문이다. 아무리 개인 간의 소통이 편리해진 세상이 됐다고 하더라도 여전히 편지만이 갖는 의미는 있다. 편지를 주고받는 두 사람 사이가 훨씬 더 가까워지고 허물없는 사이가 되기 때문이다.

나라고 예외는 아니다. 간혹 나 자신에게 편지를 쓰는 사람들에게 너무도 감상적이고 신파적이라며 나무라는 사람도 있지만, 스스로를 향해 편지를 쓰는 일은 나를 더 잘 알고 나와 더 친해지기 위한 필수적인 활동이다.

나와 가장 친한 것은 물어볼 것도 없이 나, 나를 가장 잘 아는 것도 나라고들 사람들은 생각하지만 사실은 아닐 수도 있다. 나는 모르는 나의 면모를 사람들이 더 잘 알아보고 있을 수도 있고 그 때문에 나의 잘못된 선택이나 생각을 진심으로 안타까워하고 있을 수도 있다.

나도 나를 잘 모른다. 그러므로 더 알아가기 위해 노력해야 하고 스스로에게 솔직해져 보려 노력해야 한다. 나에게 말을 걸어보자. 해주고 싶었던 말과 해야만 했던 말을 가감 없이 전달해 보자. 다른 편지가 다 그렇듯 처음에는 멋쩍기도 하겠지만 이내 진심 어린 눈물 한 방울을 흘리게 될지도 모른다.

진정한 스트레스 해소법

"스트레스 해소법이 어떻게 되세요?"

자주 주변에 이렇게 묻는다. 그럴 때마다 돌아오는 대답이 각자 다 다른 게 정말 신기하고 재밌기 때문이다. 누구는 매운 음식을 먹는다고 했고 다른 누구는 매운 것이든 느끼한 것이든 상관없으니 무조건 많이 먹고 본다고 했다. 모든 것을 외면하고 깊은 잠에 빠진다고 대답한 사람도 있었고 자극적인 영상이나 오락에 하염없이 빠져든다고 답한 사람도 있었다.

몇 가지를 따라 해본 결과 그것들 대부분에는 정말로 일정량의 효과가 있었다. 지독한 현실로부터 도피할 수 있도록 해주는 힘이 조금씩은 깃들어 있기 때문이었다. 생리적으로 봤을 때도 도파민이나 엔돌핀과 같은 호르몬이 분비되어 스트레스가 감소되는 것을 확인할 수 있을 것이다.

하지만 영원히 먹거나 영원히 취하거나 영원히 잠들어 있을 수는 없는 법. 그러한 시간이 지나가고 나면 다시금 스트레스는 스멀스멀 우리 주변을 감싸고 우리의 허리와 머리 곳곳을 아프게 찌르기 시작한다. 그러한 활동들이 내가 갖고 있는 모든 문제의 뿌리를 뽑아주지는 않는 것이다.

진정으로 괜찮아지기 위해서는 스트레스를 유발하는 근본적인 원인을 해결해야 하고 그러한 원인들은 위에 나열된 방법들로 해소하기에는 역부족이다. 스트레스의 원인을 뿌리부터 뽑기 위해서는 나의 마음에 집중해서 나에게 진정으로 필요한 테라피나 해결책을 찾아 그를 실행해야 한다. 무조건적인 쾌락과 휴식을 추구하기보단 오히려 미뤄 왔던 일을 하거나 눈을 질끈 감고 누군가에게 해야 할 말을 건네거나 후회가 남지 않도록 그 문제를 해결하기 위해 안간힘을 써보는 것이 더 선제적이고도 적극적인 해결책이 되어주는 것이다.

막고 있기만 할 것인가 나서서 싸울 것인가.
버틸 것인가 이겨낼 것인가.
모든 선택은 당신에게 달려 있다.
행복에도 가끔은 용기가 필요하다.

진정한 스트레스 해소법

이런 날도 있다

'머피의 법칙'이라는 것이 있다. 일이 좀처럼 풀리지 않고 갈수록 꼬이기만 하는 경우에 쓰는 용어이다. 시험을 칠 때 1번 선택지와 3번 선택지 중에 갈등하다가 1번을 골랐는데 정답은 3번이었다든가. 버스를 타기 위해 급하게 움직였는데 그날따라 길이 막혀 30분 후에나 버스가 도착했다든가 하는 것들이 대표적인 머피의 법칙의 예라고 할 수 있다.

그와 비슷한 징크스를 호소하는 사람도 있다. '나와 만났다가 헤어진 사람들은 전부 곧 결혼을 하더라'라고 말하는 사람을 예로 들 수 있을 것이다. 나와는 그렇게도 엇갈렸었는데 꼭 나와 헤어지고 나면 행복해지는 것이 야속하다면서.

하지만 머피의 법칙을 비롯한 여러 징크스들은 당연하게도 과학적인 사실이 아니다. 그저 일어날 수 있는 일이 일어난 것일 뿐인데 그 현상에 과도하게 의미를 부여해 편파적으로 해석하여 그러한 일들을 무슨 무슨 법칙이나 징크스라고 명명하는 것일 뿐이다. 자신이 우주에서 아주 중요한 역할을 맡은 존재인 양 자의식이 과잉되어 모든 일에서 의미와 이유를 찾기 시작하는 것이다.

'오늘은 정말 행복한 하루를 보내야지.'
'오늘 진짜 부지런히 움직여야지.'

그러한 다짐이나 노력 여하와 상관없이 우리에겐 늘 시도 때도 없이 재수 옴 붙은 일이 생긴다. 당연한 일이다. 나는 내가 생각하는 것보다도 작고 약한 존재이기에 내 주변

　　　　　　　　이런 날도 있다

의 모든 일을 통제하기에는 역부족이기 때문이다. 기상청 직원들이 계산할 수 있는 최대한의 변수를 다 고려해서 사내 체육대회 날짜를 정했다고 하더라도 생각지 못한 다른 변수에 의해 비가 내리곤 한다는 씁쓸하고도 웃긴 속설 역시 이 사실을 대변한다.

영어 관용구 중에는 'Shit happens'라는 표현이 있다. 모든 것이 순조로울 것이라 예상했는데 일이 그렇게 흘러가지 않을 때 뱉는 말이다. 우리말로 직역하자면 '살다 보면 개똥 같은 일이 일어나지'정도로 해석할 수 있을 것이다.

자포자기하는 말처럼 들릴 수도 있겠지만, 조금 다른 기분으로 들어보면 그 자체로 스스로를 다독여주는 말처럼 느껴지기도 한다. 아무리 열심히 살았다고 하더라도 망할 때가 있지. 다 좋은 날이라면 좋겠지만 어쩔 수 없이 이런 날도 있지. 그리고 이 한마디로 이 순간을 넘기고 나면 다시금 개똥 같지 않은 일들, 더 좋은 날들도 찾아오겠지. 라고 생각할 수 있게 되는 것이다.

앞으로도 살다 보면 반드시 크고 작은 일들이 내 앞길을 가로막을 것이다. 그리고 그때마다 '왜 나한테만 이런 일이 일어나지?'라고 생각하기보단 '이런 날도 있지'라고 생각하는 것이 나를 덜 억울하고 서럽게 만들어줄 것이다. 정말이다. 다 괜찮다. 이런 날도 있는 법이다.

이런 날도 있다

감정을 참기만 해선
안 되는 이유

1. 함부로 판단 당한다

불쾌한 상황 앞에서도 웃기만 하고 괜찮다고만 말하면 사람들은 정말로 내가 괜찮은 줄로만 안다. 그렇게 되면 다른 사람에게는 그러면 안 되더라도 나에게만큼은 조금 막 대해도 된다고 은연중에 생각하게 된다. 안 그래도 좋지 않은 것을 참느라 힘든데 이후에도 더더욱 안 좋은 것들이 나를 덮쳐오는 악순환이 발생하는 것이다.

2. 더 크게 다친다

여러 운동 경기에서는 선수가 너무 힘들어하거나 정상

적인 상태가 아니라고 판단되면 심판의 재량으로 해당 선수를 기권시키거나 경기를 중단시킬 수 있다. 위험을 인지하여 더 큰 부상을 미연에 방지하는 것이다. 몸이 약해진 상태에서는 통제력을 잃어서 조금 다칠 것도 더 크게 다치기 마련이다. 마음 역시 마찬가지다. 감정을 달래고 버티기만 하다 보면 결국엔 크게 넘어지는 순간이 온다. 크게 넘어진 뒤에는 그 충격의 크기만큼 오랫동안 이어지는 회복 기간을 감당해야 할 것이다.

3. 나도 나를 모르게 된다

괜찮은 마음과 괜찮지 않은 마음을 자주 경험하고 스스로가 구분할 줄 알아야 본인이 어떤 것을 좋아하고 또 싫어하는지, 어떤 부분이 강하고 약한지를 정확하게 이해할 수 있다. 하지만 항상 힘든 상황에만 머물고 그때마다 '괜찮다'라고만 말하면, 그 외의 상태와 기분은 어땠는지를 우리는 새까맣게 까먹을 수밖에 없다.

4. 좋은 것도 참게 된다

나쁜 것들을 참는 것이 습관이 되면 반대로 좋은 상황이 찾아왔을 때도 그것을 참게 된다. 조금 더 마음껏 행복해해도 되는 건데, 다음을 위해서도 힘껏 기뻐해야 하는데 그러지 못하는 것이다. 그런 흐름이 계속되다 보면 자신도 모르는 사이에 행복의 방법 자체를 잊어버리게 될지 모른다.

참는 것이 능사가 아니다. 사람이 몸이 아프면 더 큰 병으로 번지기 전에 최대한 일찍 병원에 찾아가야 하듯 감정 역시 그렇게 다루어야 한다. 기쁨과 분노, 슬픔과 즐거움을 과하게 참지 말고 때로는 분출할 줄도 아는 사람이 되자. 누군가의 엄마나 자식, 어떤 직책을 가진 사람이기 이전에 당신도 한 명의 사람이라는 것을 잊어선 안 된다.

원래라는 함정

"난 원래 이래."

이 말은 자주 무적의 말처럼 느껴진다. 누군가가 나를 공격할 때, 내게 원망이나 실망의 눈빛을 보낼 때마다 '나는 원래 이런 사람인데 어떡하느냐'라는 태도를 돌려주는 것이 제법 나쁘지 않은 방어의 방법인 것만 같다.

하지만 하나는 알고 둘은 모르는 말이다. 그것은 훌륭한 방어법이 아니라 그저 그 자리에 고여 있기만 하는 행위라는 것을 모르는 것이다.

원래라는 말을 일삼는 사람들은 자기 행동이나 태도를 변화시키기를 애초에 거부하기만 한다. 긍정적인 변화, 그러니까 성장과 발전의 기회가 코앞까지 가까워졌다고 하더라도 문을 걸어 잠그고만 있는 것이다. 새로운 상황에 적응하거나 개선이 필요한 부분을 깨닫지 못하고 과거의 루틴에만 얽매여 있다 보면 점점 도태되기만 할 뿐이라는 것을 당사자만 모르고 있으니 이 얼마나 답답한 일이 아닐 수 있겠는가.

맡은 일을 잘 해낼 수 있을 리도 만무하다. 새로운 아이디어나 접근법을 시도하지 않고 자기에게 익숙한 방식으로만 일을 처리하는 사람은 가끔은 성실한 사람이라는 이미지를 줄 수도 있겠지만, 그 밖의 놀라운 성과나 성취를 기대할 수는 없는 사람이라는 인상을 더 강하게 심어주기만 할 것이다.

무엇보다도 관계가 고달파진다. 지극히 방어적인 태도는 다른 사람들과의 대화나 관계에서 자주 갈등과 답답함을 유발할 수밖에 없다. '원래 이런 사람'이라는 말로 존중받고 이해받는 데에도 한계가 있다. 내가 무슨 말을 하든 똑같은 반응으로 일관하는 사람, 그러므로 흡사 벽을 보고 대화하는 것 같은 느낌을 주는 사람과 함께하고 싶은 사람은 장담하건대 아무도 없을 것이다.

> 물이 됐건 생각이 됐건 삶이 됐건 고여 있는 곳에서는 무조건 썩은 듯한 악취가 나는 법이다. 고여있을 것인가 건강하게 흐를 것인가. 살날은 아직 많이 남았고 둑을 무너뜨릴 수 있는 사람은 다른 사람이 아닌 오직 나뿐이다.

때로는 자세가
모든 것을 결정한다

한동안 떠들썩하게 대화의 화두가 되었던 소재가 하나 있다. 바로 '근무 중 자세'에 관한 갑론을박이다.

개요는 이렇다. 어느 회사에 소속된 사원 한 명이 사무실에서 업무를 보는데, 그 자세가 과하게 뒤로 늘어져서 거의 눕는 듯한 자세였다고 한다. 그리고 사무실을 오가다 그를 본 상사가 그에게 똑바로 앉으라고 지시했고, 부하 직원은 당신에게 나의 자세까지 지적할 권리는 없다고 반박하며 불거진 문제이다.

여론은 팽팽하게 대립했다. 상사의 입장을 지지하는 사람들은 그의 말이 정당한 지시라고 입을 모았다. 혼자서 일하는 사무실이 아니므로 어느 정도는 근무 기강을 확립해야 한다는 취지였다. 반면 부하 직원을 지지하는 사람들은 그러한 상사의 말이 너무도 폭압적이고 구시대적이라고 꼬집었다. 가끔은 자유로운 태도에서 자유로운 생각이 나오고 그러한 발상들이 뛰어난 성과로 이어지는 법인데 시대가 어떤 시대인데 그런 '꼰대' 같은 발언을 하냐는 의견들이었다.

물론 양쪽 다 설득력이 있는 주장들을 내세운 것 같았지만, 그래도 상사의 입장에 조금 더 감정이 이입되는 것은 어쩔 수가 없었다. 겉으로 보이는 모습과 예의는 둘째로 치더라도 그런 자세에선 어떤 일도 도무지 잘 해낼 수 없을 것 같았기 때문이다.

나는 어떤 장소나 상황에 따라 그에 어울리는 자세가 따로 있다고 믿는 사람이다. 영화를 볼 때는 최대한 편하게 의자에 기대어 앉을수록 좋고 윗사람의 말을 들을 때는 다리를 꼬지 말아야 하는 것처럼, 일을 할 때는 최대한 허리를 꼿꼿이 펴고 책상 위에 놓인 것을 주시해야만 더욱더 집중해서 일할 수 있다고 생각하는 것이다.

늘어진 자세는 마음씨와 태도까지 이완시키고 바로 앉은 자세는 마음씨와 태도에도 건강한 긴장을 가져다준다. 마음이 어떻냐에 따라 몸의 자세가 결정되기도 하지만, 반대로 몸의 자세에 따라 마음가짐이 바뀌기도 한다는 말이다.

중요한 일을 앞두고 있거나 의도와는 다르게 자꾸 기분이 축축 처지기만 한다면 가장 먼저 자세부터 바로잡아보자. 필요하다면 옷매무새를 가다듬거나 헛기침을 조금 해보아도 좋다. 그러면 몸의 많은 것뿐 아니라 정신 주변의 많은 것들도 정돈될 것이다.

잘하고 싶을수록
쉬어야 한다

주말에도 마음 놓고 쉬지 못하는 사람들이 있다. 누가 추가적인 일을 시킨 것도 아니고 나를 찾을 사람도 없는데, 주말 전에 실수를 저지른 것도 아닌데 안절부절못하고 누웠다가 일어났다가를 반복한다. 그를 보다못한 사람이 그에게 도대체 왜 그러냐고 물으면 그들은 이렇게 대답한다.

"모르겠어. 내가 이렇게 쉬어도 되나 싶어."

아마도 그건 그만큼 그가 맡은 일에 진심이라는 방증일 것이다. 맡은 일을 더 잘하고 싶어서 자꾸 불안해하기만 하고 실수가 있었던 건 아니었는지를 끝없이 걱정하는 것이다. 그들은 그렇게 소중한 주말을 초조하게 흘려보내고 나서 이미 너덜너덜해진 마음으로 월요일을 맞는다. 안타까운 일이 아닐 수 없다.

최대한 열심히 맡은 일을 수행하고 나서 휴일을 맞았을 때, 그때부턴 사실 무언가를 걱정한다고 해서 바뀌는 것은 없다. 나를 제외한 모두가 쉬고 있을 테니 실질적으로 더 할 수 있는 조치도 없고 말이다. 고민하고 있는 일에 관해 이야기를 나눌 사람도 네가 생각하는 그게 맞다고 당장 말해줄 사람도 없는 것은 물론이다.

쉬는 것도 실력, 널뛰는 마음을 다스리는 것도 실력이다. 당신이 지난 며칠간 할 수 있는 것을 다 했다고 스스로 판단한다면 다른 누구도 당신에게 뭐라고 할 수 없다.

그러니 찝찝해할 필요 없다. 쉬어라. 열심히 일한 후에는 충분한 휴식이 필요하다. 단단한 금속으로 만든 기계도 일정량 움직이고 나면 과열을 방지하기 위해 동작을 멈춰야 하는데, 하물며 금속보다도 연약한 사람이라고 다를까. 너무 초조해할 필요 없다. 휴식을 취하는 건 당연한 일이다. 마음의 여유를 가지고 휴식을 즐기는 것도 정말 중요한 일이라는 것을 마음 깊은 곳에 새기도록 하자. 당신이 완벽한 휴식을 취한다면 그 이후의 흐름들도 당신이 원하는 만큼 완벽해질 것이다.

잘하고 싶을수록 쉬어야 한다

우울함의 함정

  흔히 우울증을 생각하면 중증 우울증을 먼저 떠올린
다. 일상생활을 심각하게 방해하고 자살 충동 등 격한 감
정에 휩싸이고 아무것도 하지 못하는 상태를 떠올린다. 하
지만 우울이라는 감정은 생각보다 범위가 넓다.

  일상생활에서 종종 느낄 수 있는 슬픔이나 기분 저하
역시 우울이다. 아니면 어떤 사건에 대한 반응으로 우울할
수도 있는 것이다. 우울하다는 감정을 거대하게 바라보는
현상이 좋지 못한 점은 나 스스로 내가 우울하다는 것을 인
정해버리면 큰 아픔을 겪는 것처럼 여겨진다. 우울하다는

것은 흔히 경험할 수 있는 감정임에도 불구하고 마치 절대 나을 수 없는 질병에 걸린 것처럼 느껴진다. 현대인의 마음속에는 누구나 다 우울이 있다. 오죽하면 우울증은 감기 같은 거라는 말이 생겨났겠는가.

우울증의 대표 증상은 이렇다.

1. 지속적으로 슬프거나 공허하다.
2. 흥미와 즐거움이 사라졌다.
3. 체중이 변한다.
4. 쉽게 피곤해진다.
5. 집중력이 떨어지고 의사 결정을 하기 어려워진다.
6. 자기 비판과 무기력함이 심해진다.

만약 요즘 이런 시기를 보내고 있다면 추천할 만한 방법이 있다. 작은 기쁨을 찾으려고 노력하는 것이다. 따뜻한 햇살, 맛있는 커피, 좋은 책, 친구와의 대화, 재밌는 영화 등 작은 것들 속에서 자꾸 웃을 수 있는 상황을 만들어

우울함의 함정

야 한다. 우울한 시간이 길어지면 마치 길고 어두운 터널을 걷는 것처럼 느껴진다. 그 터널 속에서도 자꾸 빛나는 것들을 찾아야 아무것도 안 보일 만큼 어두워지지 않을 수 있다.

터널은 언젠가 끝나기 마련이다. 아무리 길게 느껴지고 아무리 어둡게 느껴져도 결국 끝난다. 우울하다는 것은 기쁨이나 슬픔처럼 흔히 느낄 수 있는 감정이다. 괜찮다. 천천히 걷더라도 자신을 포기하지 않고 걷다 보면 언젠가는 끝난다. 기쁨도 슬픔도 우울도 생각보다 오래가지 않는다.

불평하는 마음과
감사하는 마음

한때 같이 일했던 직장 동료 A가 있다. A는 틈만 나면 불평불만을 한다. 점심을 먹다가 음식이 조금만 마음에 안 들어도 음식이 짜다느니 서비스가 불친절하다느니 볼멘소리를 늘어놓는다. 일을 하다가 조금만 안 풀리면 한숨을 쉰다. 일하다가 대출 관련된 스팸 전화가 오면 아씨, 라고 입 밖으로 소리를 내면서 전화를 끊는다. 주변 사람들이 조금씩 눈치를 줘도 상관 하지 않는다. 여전히 늘 불평불만을 달고 산다.

어느 날부터 A와 밥을 먹는 사람들이 줄어들기 시작했

다. 하나둘씩 오늘은 점심 약속이 있다며 따로 먹기 시작했다. 밥을 먹고 카페에 앉아서 얘기를 나누는 시간은 모두 다 좋아하는 시간이었지만 어느 순간부터 A가 다가오면 다들 급하게 자리를 일어났다.

반면 B는 매사에 긍정적인 말을 하는 사람이다. 점심을 먹으러 갔는데 줄이 길면 얼마나 맛있길래 이렇게 줄이 긴거냐면서 기대된다는 말을 뱉는다. 음식이 좀 짜면 여긴 음식이 짜기 때문에 밥이랑 같이 먹으면 딱 좋다는 이야기를 한다. 점심시간에 커피 한잔 들고 회사 근처를 걸을 때도 꽃이 예쁘다느니 하늘이 맑다느니 온통 좋은 점을 찾는다. 같이 있으면 나까지 기분이 좋아진다. 사람들은 의도하지 않았지만 점점 B의 곁에 몰린다. 같이 밥을 먹고 커피만 마셔도 기분이 좋기 때문이다. 일할 때는 어떤가. 문제가 잘 해결되지 않아도 볼멘소리를 한 적이 없다. 웃으면서 다시 한번 해볼게요, 라는 말을 입에 달고 산다.

내 주변에 있는 두 사람을 예시로 들었지만 아마 A와 B

에 해당하는 사람을 많이 봤을 것이다. 자신의 의견과 감정을 자유롭게 표현할 수 있는 시대에 살고 있다. 그러나 자유롭다는 것은 스스로 선택해야 한다는 것이고 선택에는 책임이 따른다. 불평하는 사람이 될 것인가 감사하는 사람이 될 것인가는 오로지 나의 선택이다.

불평은 작은 불만에서 시작되지만 시간이 지날수록 점점 더 커진다. 다른 사람들에게도 부정적인 영향을 미친다. 긍정적인 태도와 말은 작은 것에 감사해하고 문제를 해결하기 위한 방법을 찾을 수 있게 도와준다. 오히려 스트레스가 줄어들고 주변에 더 건강한 영향력을 미친다. 불평을 한다고 나아지는 것은 없다. 점심시간에 줄이 길게 늘어선 것을 보고 불평한다고 줄이 갑자기 줄어들지 않는다. 내 기분만 안 좋고 주변 사람들의 기분까지 안 좋아질 뿐이다.

솔직함과 무례함의 차이

"어떻게 일을 그렇게 할 수가 있어요?"

종종 이렇게 날이 선 말을 들을 때가 있다. 듣자마자 얼굴이 빨개진다. 어떻게 말해야 현명하게 대답하는 걸까 고민하는 동안 한 마디가 더 날아온다.

"아, 미안해요. 내가 좀 솔직한 편이라."

솔직함과 무례함을 구분하지 못하는 사람이 점점 늘어나는 것 같다. 솔직함과 무례함은 둘 다 직접적인 의사 표현은 맞다. 하지만 둘 사이에는 큰 차이점이 있다. 솔직함은 진실을 이야기하면서 상대방의 기분을 고려한다. 하지만 무례함은 상대방의 감정을 고려하지 않고 자신의 기분을 푸는 것에 초점을 맞춘다. 솔직하게 말하는 것의 목적은 긍정이다. 오해를 풀고 문제를 해결하고 관계를 개선하기 위해서 하는 말이다. 무례함은 공격적인 태도를 포함하고 있다. 상대방을 비난하고 조롱하고 깎아 내리고 상처주는 방식으로 말하는 것이다. 상대방의 기분을 고려하지 않은 채 말이다.

무례하게 말하는 것은 상대방에게 상처를 주거나 상대방을 낮잡아 보면서 자신의 우월감을 드러내기 위한 수단이다. 갈등을 해결하거나 관계가 개선되는 게 아니라 오히려 더 악화된다. 그렇게 말하는 사람들은 오히려 상대방의 약점을 발견하고 일침을 가하는 것에서 일종의 쾌감 같은 것을 얻는다. 거봐, 내 말이 맞지? 그럴 줄 알았다니까. 이런 말을 뱉을 수 있는 상황을 만들고 싶은 것이다.

이들은 결국 문제를 잘 해결하고 싶은가 아니면 자신의 우월감을 드러내고 싶은가로 나뉜다. 누군가의 말을 들을 때도 신경을 써야 하지만 반대로 내가 말할 때도 신경을 써야 하는 이유가 이 때문이다. 나는 솔직하게 말했다고 말했는데 그게 상대방에게 무례하게 보일 수도 있기 때문이다. 솔직함은 진실을 말하는 것이지만 무례함은 상처를 주는 것이다. 솔직함은 신뢰를 쌓고 무례함은 불신을 낳는다. 의사 표현은 솔직하게 그러나 부드럽게 해야 한다.

자신에게 친절할 것

늘 괜찮다고 말하는 게
버릇이 되어버린 사람들이 있다.

애써 웃어 보이면서 마음을 숨긴다.
주변 사람들과 나 자신에게
괜찮다는 말을 수없이 뱉지만
사실은 하나도 괜찮지 않다.

타인의 시선과 기대를 충족하고
나 자신에게 실망하지 않기 위해

괜찮은 척을 하지만

그렇게 나를 방어하는 동안

마음은 점점 더 엉망이 되어간다.

더 고독하고 더 쓸쓸하고

더 외로우며

마음 깊은 곳에 쌓인 감정은

하나도 해결되지 않는다.

가끔은 사랑하는 사람들에게 기대도 된다.

괜찮지 않다면서 모든 걸 내려놓고

잠시 쉬어도 된다. 울어도 된다. 기대도 된다.

이제는 괜찮다는 말을 내려놓고

내 안에 숨겨놓았던 감정을 따뜻하게 품어줄 때다.

나 자신에게 친절해야 할 때다.

늘 괜찮은 척하며 완벽하려고 애쓰지 않아도 된다.

소중한 사람에게
질투하는 마음이 생긴다면

1. 내 마음 들여다보기

가장 먼저, 자신의 감정을 인식하고 받아들일 필요가 있다. 누군가를 질투하는 마음이 생길 때는 최대한 차분히 그 이유를 살펴보고 자신의 감정이 어떻게 형성되었는지를 이해해야 한다. 나에게는 이렇고 저런 기질이 있고 이러한 과거가 있기 때문에 질투 버튼이 눌린 거구나, 와 같은 순서로 생각을 이끌어가는 것이다. 어떤 문제가 됐든 그 문제의 원인부터 파악하는 것이 가장 중요하다는 것을 기억해야 한다.

2. 당사자와 소통하기

질투의 주인공이 되는 친구와 솔직하게 대화하고 자신의 감정을 조금은 이해해달라고 요청하는 것이 중요하다. 말하지 않고 혼자서만 그 감정을 안고 있다 보면 십중팔구는 오해할 만한 일이 생기고 감정도 자꾸 감정적인 방향으로만 흘러갈 게 뻔하기 때문이다. 그럴 바에야 친구와의 건강한 소통을 통해 상황의 해결책을 찾는 것이 낫다. 또한 그럴 때 상대방의 감정이 상하지 않게끔 표현하는 방법을 학습하고 연습하는 것 역시 중요하다. 질투하는 마음이 있다고 하더라도 일단은 상대방에게는 친절하고 존중하는 방식으로 그 마음을 포장하는 것이다.

3. 초점 전환하기

상대방을 향한 질투의 감정에 과도하게 빠지지 않도록 주의를 집중시킬 수 있는 새로운 관심사나 활동을 찾는 것이 도움이 될 수 있다. 그렇게 새로운 자극을 선사해 주는 자신의 취미나 관심사에 집중하다 보면 질투와 같은 달갑지 않은 감정마저 손쉽게 조절할 수 있게 된다.

4. 내 가치를 알기

무엇보다도 자신의 가치를 인정하고 자신감을 가지는 것이 중요하다. 원래 다섯 살 어린아이든 여든을 넘기신 어르신이든 내가 가진 것보단 내 앞에 있는 사람이 가진 것을 더 크게 바라보기 마련이다. 그럴 땐 상대방이 아니라 나를 더 자세하게 관찰해야 한다. 나는 무엇을 가졌는지, 나의 어떤 부분이 다른 사람들마저도 욕망할 만한 매력을 가졌는지를 살펴보는 것이다. 그렇게 자신의 강점과 성과를 인식하고 자신의 가치를 인정하는 것이 질투하는 마음을 감소시키는 데 도움이 될 수 있다.

허세 부리는 사람들

가끔 눈살이 찌푸려질 정도로 과하게 자신을 내세우는 사람이 보인다. 그들은 보통 눈치가 없다. 자기를 제외한 모든 사람이 자신의 그러한 허세를 보기 싫어하는데 그것도 모르고 계속해서 스스로를 뽐내기에 바쁘기 때문이다. 그게 아니라면, 어쩌면 눈치는 챘지만 그 행위를 멈출 수 없게 되었는지도 모른다.

오늘은 그런 생각을 했다. 과하게 허세 부리는 사람들은 사실 아니꼽게만 바라볼 게 아니라 안쓰럽게 여겨야 하는 대상들이 아닐까? 하는 생각. 아닌 게 아니라 그들에게

서는 허세를 부리는 것과는 상반되게 깊이를 가늠할 수 없는 결핍이 늘 느껴졌었기 때문이다.

허세가 과한 사람들은 내면에 갖추고 있는 교양이나 인덕 같은 것이 남들에 비해 상대적으로 빈약하기 때문에 귀금속이나 비싼 옷과 같은 외면적인 것에 과하게 집착하는 경향을 보인다. 하지만 내면적인 가치는 낡지 않는 반면 외면적인 가치는 너무도 쉽게 낡고 헤져버리고 만다. 그러므로 그들은 끝도 없이 소비에 집착하게 되고 결국은 포장하는 일에 중독되거나 점점 가난해지고 마는 파국을 맞는다.

또한 그들은 과거의 자신의 정체성이나 자아를 인정받지 못한 것으로부터 오는 감정적인 부족을 아주 높은 확률로 갖고 있기에 인정욕구가 강하다. 그래서 자꾸만 주변에 자신에 관한 것을 어필한다. 그 인정이 나라는 사람의 작디작은 자아를 대신해 주기 때문이다.

허세 부리는 사람들

같은 사람도 측은지심을 갖고 다르게 바라보면 많은 것이 달라진다. 가장 먼저로는 그 사람을 더는 미워하지 않게 됨으로써 내 마음의 평화를 되찾을 수 있게 되고 상대방역시 자신이 예상했던 반응이 돌아오지 않아 자신의 행실과 지난날을 돌아보게 된다. 나아가 이제는 외면적인 것들이 아닌 내면적인 가치를 좇기를 다짐하게 될지도 모른다.

넓은 인간관계의 부작용

1. 영혼이 가난해진다

분명 많은 사람을 만나서 왁자지껄한 시간을 보내고 있는데 이상하게 마음이 자꾸만 가난해지는 것 같은 착각이 들 때가 있다. 인간관계를 최대한 넓게만 맺으려고 하는 사람들이 대표적으로 저지르는 착각이다. 어떤 관계가 됐든 관계를 맺을 때는 일정량의 시간과 에너지가 소모될 수밖에 없다. 그리고 당연하게도 우리에게 주어진 시간과 에너지는 한정적이다. 그것들이 바닥을 보이고 있는 줄도 모르고 사람을 만나는 일에만 골몰하다 보면, 우리는 다른 어떤 일도 제대로 할 수가 없는 상태가 된다.

2. 갈등이 생긴다

세상 사람 모두가 내가 관계를 맺는 방식을 따라 넓게, 그리고 가볍게만 관계를 맺는다면 문제가 생기지 않는다. 서로에게 어떤 기대도 실망도 품지 않기 때문이다. 하지만 누군가는 나와는 다른 무게감으로 관계를 맺는 순간 필연적으로 서운함이 생기기 마련이다. 서운함은 갈등을 불러일으키고 관계의 당사자인 나는 어느 순간 논란의 중심에 서게 되기도 한다.

3. 즐거울 때만 즐겁다

기쁘거나 축하받을 만한 일이 있을 때 그 소식을 전할 사람이 많다는 것은 고마운 일이다. 그럴 땐 친하게 지내는 사람이 많다는 게 참 다행스럽다. 하지만 반대로 위로가 필요하거나 애정 어리고도 진지한 조언이 필요할 때 주변을 둘러보면 아무도 없을 확률이 높다. 어느 정도는 유대감이 쌓여 있어야 나쁜 일이 있을 때도 함께하고자 하는 마음이 생기기 마련인데, 그 많은 사람과 일일이 깊은 유대감을 형성해 두기란 쉽지 않기 때문이다. 즐거울 때만 기쁘고 힘들 때는 고독해지는 일은 생각보다도 더 비참한 경험으로 다가올 것이다.

물건은 많을수록 좋을 수 있어도 사람은 한 명 한 명 시간을 두고 진중하게 사귀는 방향이 좋다. 좁고 다양하지 않은 관계일지라도 깊이 가져가는 관계가 멀리 보았을 때는 내 삶을 더 안정적으로 유지해 줄 것이다. 그러므로 가끔은 주변을 둘러보자. 너무도 쓸데없이 많은 관계를 부여잡으려 애쓰고 있지는 않은지. 내게 어떤 일이 생겼을 때 이들 중 과연 몇 명이나 나를 향해 달려와 줄지를.

마음이라는 집

부끄러운 이야기지만, 대학교에 진학하며 이제 막 혼자 살기 시작했을 때는 집안일을 하나도 하지 않은 채로 몇 달을 살기도 했었다. 설거지하는 것이 귀찮아 배달 음식만 찾아서 먹기 일쑤였고 빨래하기가 귀찮아서 매번 돈을 내고 빨래방을 이용했었다.

돈을 조금 많이 써야만 했지만, 거기까지는 그래도 괜찮았다. 문제는 청소였다. 먼지 한 톨 치우지 않은 채로 계속 살다 보니 조금씩 쓰레기가 쌓이기 시작했고 책장이나 방구석 곳곳에 먼지가 뭉치기 시작했다. 치워야지 치워야지 생각만 했을 뿐 청소하는 습관을 들이지 않아 자꾸 미루기만 했다. 당연하게도 방에 들어올 때마다 기분이 안 좋았다. 이것 하나 제대로 해치우지 못할 정도로 한심한 사람이 바로 나라는 생각에 매번 비참함을 느꼈다. 그러다 결국 일이 터졌다. 환기도 자주 안 하면서 먼지가 가득한 방에서 자고 깨고를 반복하다 보니 호흡기 질환에 걸려버린 것이다. 병원 진료를 받고 약을 타는 내내, 그리고 약을 먹고 누워 콜록거리는 내내 스스로가 한심해서 참을 수가 없었다.

내 삶은 누가 대신 살아주지 않고 내 삶의 터전인 나의 집도 누군가가 대신 치워주지 않는다는 걸 너무 늦게 깨달았다. 그리고 그 뒤로는 늦게나마 정기적으로 청소를 하기 시작했다. 다행히 청소는 지금까지도 부지런히 가져오고 있는 나의 건강한 습관이 되었고, 나는 단 한 번도 먼지로 인해 콜록거리지 않게 됐다.

집이 그러한 것처럼, 마음이라는 것 역시 어떤 공간처

마음이라는 집

럼 일정한 너비가 정해져 있다. 그리고 그 공간을 어떻게 관리하는지, 자주 치워줄지 아니면 방치해둘지는 전적으로 나에게 달려 있다.

마음의 평수 역시 유한한데 다른 일이 바쁘다는 이유로 내 안에 자꾸 시시콜콜하고 잡다한 감정들만 들여놓다 보면 거기에 먼지가 쌓이기 마련이다. 또 가끔은 별것도 아닌 것에 연연하고 있다는 것을 알면서도 그것을 제때 치워내지 못하는 스스로를 보며 자괴감을 느끼기도 한다. 결국 어느 한순간에 지독한 마음의 염증을 얻게 되어 오랫동안 앓게 될 수도 있는 일이고.

내 삶은 누가 대신 살아주지 않고 내 집 역시 누가 대신 치워주지 않는 것처럼, 내 마음 역시 내가 아닌 그 누구도 대신 다스려줄 수 없다. 그러므로 내가 내 마음 안에서 언제까지고 안락하게 지낼 수 있도록, 그리고 언젠가 소중한 사람을 초대할 수도 있도록, 시시때때로 먼지처럼 쓸데없는 잡념들을 청소해 줄 필요가 있다.

당신이 어른이라는 증거

누구나 어른스러운 사람, 성숙한 사람이 되기를 꿈꾼다. 하지만 나이가 드는 것과 별개로 누구나 어른스러운 사람이 되지는 않는다. 그렇다면 어른스러운 사람들은 어떤 특징들을 갖고 있을까. 내가 점점 더 성숙해지고 있다는 것을 어떤 부분을 통해 확인할 수 있는 걸까. 여기에 몇 가지 기준이 되어주는 질문들이 있다.

1. 책임감이 있는가?

어른이 된다는 것은 자신의 행동과 선택에 대한 책임을 져야 한다는 것을 의미한다. 어른스러운 사람은 자기가 해야 할 일을 어떻게든 해내려 애쓰고 자신이 대표하는 조직이나 가족을 생각하며 언제나 타인에게 예의를 갖춘다.

2. 자립성이 있는가?

어른스러운 사람은 자기 자신을 돌볼 수 있고 자신의 삶을 조절하고 관리할 수 있다. 혼자 은행 일을 보러 갈 수 있는 것, 본인을 위해 병원 진료를 예약할 수 있는 것부터 시작해서 공과금을 수납하는 일까지 자신을 둘러싼 전반적인 일 처리를 온전히 스스로 처리할 수 있는 사람이야말로 어른스럽다는 말이 가장 잘 어울리는 사람일 것이다.

3. 선량하고 도덕적인가?

어른스러운 사람은 다른 사람과의 상호작용에서 선량하고 도덕적인 행동을 한다. 다른 사람을 배려하고 존중하며 사회적 규범과 윤리적 원칙을 따른다. 청소년기의 다소 성급하고 예민한 기질을 잘 다스리고 난 뒤에 그 자리에 여유를 채워 넣을 수 있게 된 덕분에 나보다 앞서 타인을 생각할 수 있게 되었기 때문이다.

4. 감정적으로 안정되어 있는가?

사람들은 흔히 질풍노도의 시기라고 부르는 청소년기를 무사히 통과한 사람들을 어른이라고 부른다. 어른스러운 사람은 자신의 감정을 잘 이해하고 관리할 수 있다. 그럼으로써 스스로의 행동을 쉽게 통제하고 타인과의 갈등역시 성숙하게 해결할 수 있다.

이것들 외에도 자기만의 근사한 취향을 갖게 되는 것, 꿈을 명사가 아닌 동사로 정하게 되는 것 등 한 사람이 어른스러워졌는지를 판단하는 기준은 많다. 하지만 어떤 기준을 들이대며 스스로를 평가하든, 결국 '나는 더 나은 사람이 되어가고 있는가?'라는 커다란 질문으로 향해 가는 스스로를 발견하게 될 것이다. 우리가 어른스러운 사람이 되기를 원하는 이유도 사실 전부 더 행복한 사람, 주변 사람까지도 행복하게 만들 수 있는 사람이 되기를 원해서일 테니까.

당신이 어른이라는 증거

생각은 주인이 아니라 도구다

걱정을 해서 걱정이 없어지면 걱정이 없겠다는 말이 있다. 누가 처음 사용한 건지도 모르는 이 말을 많은 사람이 공감한다. 그 이유는 걱정을 쉽게 멈추는 게 어렵기 때문일 것이다. 걱정을 생각으로 바꿔서 말해도 똑같다. 한 번 머릿속에서 떠오른 걱정이나 생각은 금방 덩치를 키운다. 처음엔 아주 작은 것을 생각하거나 걱정했을 뿐인데 연쇄 작용으로 금방 이런저런 생각이 떠오른다. 생각 자체가 나쁘다는 것은 아니다. 생각은 문제를 해결하고 미래를 계획하고 무언가를 성찰하고 사유하는데 아주 중요한 역할을 한다. 하지만 지나친 생각은 나를 소진시킨다. 에너지를 빼

앗고 현재를 놓치게 만들며 필요 이상으로 걱정하고 고민하게 만든다. 이런 상황이 되면 생각은 내가 필요할 때 사용하는 도구가 아니라 나를 지배하는 주인이 되어버린다.

때로는 단순해질 필요가 있다. 불필요한 걱정을 줄이고 불필요한 생각을 줄여야 한다. 그래야 삶의 복잡성도 같이 줄어든다. 사람들이 친구들과 대화를 나누거나 물 앞에 가서 멍을 때리거나 불 앞에서 멍을 때리는 것은 생각을 멈추고 싶다는 욕구가 마음 한편에 있기 때문이다. 그 순간만큼은 아무런 생각도 안 할 수 있다는 걸 본능적으로 알고 있다.

주변에서 그런 사람을 본 적이 있을 것이다. 분명 밥을 먹고 있고 일을 하고 있고 커피를 마시고 있는데 정신은 다른 곳에 가 있는 것 같은 사람. 현실에 집중하지 못하는 게 타인의 눈에 보일 정도로 머릿속에 다른 생각이 가득 차 있는 것이다. 만약 내 머리가 그렇게 생각으로 가득 차 있다면 현실에 있는 수많은 아름다움을 놓치면서 살 수도 있다.

생각은 주인이 아니라 도구다

생각은 우리를 살아가게 하는 힘이지만 동시에 우리를 지치게 할 수도 있다. 생각이 많다는 것은 깊이가 있다는 것이고 세심하며 책임감이 강하다는 뜻이다. 하지만 그런 장점이 있더라도 생각이 너무 많아지면 그 속에 갇힌다. 때로는 생각을 놓아주는 법도 필요하다. 지금 내 눈앞에 있는 것에 집중하며 살아가야 할 때가 있다. 눈앞에 있는 것에 집중하자. 생각이든 걱정이든 고민이든 머리를 가득 채우게 내버려둬서는 안 된다. 그러면 결국 지치는 건 나 자신일 것이다.

그럴 수 있는 일

"내가 왜 그렇게 얘기했을까?"

"그때 그러지 않았다면 얼마나 좋을까?"

자려고 누웠을 때나 문득 거리를 걷다가 갑자기 어떤 생각이 떠오른다. 그때 떠오르는 생각은 이미 지나간 일임에도 마음에 머무는 사건이다. 그런 사건은 보통 실수를 하거나 실패를 하거나 친구와의 약속을 잊어버리는 등 나의 잘못에 기인한 것들이 많다. 그런 기억이 떠오르면 마음이 무거워진다. 무거운 이유는 죄책감을 느끼기 때문이다. 죄책감은 금방 마음을 어둡게 만든다.

누구나 실수를 한다. 크고 작든 실수를 안 하는 사람은 없다. 자신이 맡은 중요한 일에서 실수를 할 수도 있고 시험에서 좋은 성적을 받지 못할 수도 있다. 친구와의 약속을 까맣게 잊을 수 있고 가족과 중요한 모임이 있었는데 잊어버리는 바람에 참석하지 못할 수 있다. 하지만 그런 사건들은 이미 지나간 일이다. 이미 지나간 일을 계속 붙잡고 죄책감을 느낀다고 해서 달라지는 것은 없다. 실수는 인간의 본질적인 부분이다. 죄책감을 느낀다는 건 나에게 인간적인 면모가 있다는 뜻이다. 실수가 아니더라도 어떤 행동에서 죄책감을 느낄 수 있으며 심지어 사람마다 동일한 잘못을 저질러도 죄책감에 시달리는 정도가 다르다. 전쟁에서 어떤 군인은 적을 죽여서 자신들이 승리할 수 있었다며 좋아하지만 어떤 사람은 단 한 명만 죽이더라도 신념이 다르다는 이유로 사람을 죽였다면서 죄책감을 느낀다. 전쟁에서 사람을 죽인 것은 실수가 아니다. 하지만 실수가 아닌 상황에서도 죄책감은 찾아오며 그 죄책감을 느끼는 정도는 다 다르다.

죄책감을 느끼는 상황은 무척 많다. 살아가는 동안 계속 느낄 것이다. 죄책감을 많이 느낀다는 것은 타인을 소중히 여기고 그들의 삶을 존중하며 누군가의 기대에 부응하고 싶은 마음이 있다는 뜻이다. 깊은 죄책감은 좋은 방법이 아니지만 적당한 죄책감은 반성할 줄 아는 사람이라는 것을 뜻하기도 한다. 적당한 반성은 괜찮다. 하지만 그게 무엇이 됐든 지나치게 반성하면 오히려 더 깊은 수렁에 빠질 뿐이다. 죄책감은 우리가 좋은 인간으로 성장하는 과정의 일부다. 무언가 실수를 했는가? 진심으로 사과하고 반복하지 않으면 된다. 누구나 실수를 하기 때문에 용서라는 것도 있는 것이다.

행복한 것은 행복한 것

　　지인들과 모여 한강에 앉아 있을 때였다. 5월의 봄바람
이 선선하게 불던 오후였다. 배달시킨 음식을 테이블 위에
펼쳐놓고 맥주를 마시면서 수다를 떨고 있었다. 상상만 하
더라도 행복해지는 순간이다. 모두가 다 행복한 표정을 짓
고 있고 대부분의 사람이 너무 좋다는 말을 연신 뱉었다.
늘어지게 누워있는 사람도 있고 사진을 찍겠다며 여기저
기 돌아다니는 사람도 있었다. 하지만 그 가운데서 지인이
었던 한 사람의 표정이 좀 불편해 보였다. 다들 친한 사이
니 자리가 불편했을 리는 없고 몸이 어디 아픈 건가? 집에
무슨 일이 생겼나? 걱정이 들어서 화장실 가는 길에 따라

갔다. 혹시 무슨 일 있냐고 물어보니 별일 아니라는 대답이 돌아왔다. 걱정된다고 혹시 나한테만 말해줄 수 있겠냐고 계속 물어보니 생각지도 못한 답변이 돌아왔다.

"지금 너무 행복하잖아요?
저는 이럴 때 불안하더라고요."

기쁜 순간에 불안을 떠올리는 사람들이 생각보다 많다. 기쁨이 오래가지 않을까 걱정하거나 기쁨 뒤에 찾아올 불행의 가능성을 대비하느라 행복한 순간을 누리지 못한다. 혹은 완벽주의 성격 때문일 수도 있다. 완벽주의자 성향은 모든 것이 완벽해야 한다는 압박에 항상 시달리기 때문에 기쁜 순간에도 완벽하지 않은 부분을 찾아내려고 한다. 행복한 순간에 이제는 어떤 불행한 일이 생길까를 떠올리는 순간 누릴 수 있는 아름다움을 온전히 누리지 못한다.

어쩌면 자기 스스로는 행복하면 안 된다고 생각하는 걸

행복한 것은 행복한 것

지도 모른다. 그 어떤 이유든 간에 우리는 행복을 누릴 자격이 있다. 정말 종일 아무것도 하지 않는 백수 생활을 며칠째 하고 있더라도 5월의 한강은 행복한 것이다. 내가 아무리 어떤 실패를 겪고 어떤 상황에 있어도 5월의 한강은 행복한 것이다. 기쁜 순간을 온전히 누리지 못하면 삶의 만족도가 떨어진다. 아름다운 순간을 놓치면 삶이 무의미하고 지루하게 느껴질 수 있다. 아름다운 시간 속에서 아름다움을 느끼는 것. 기쁜 순간에서 기쁨을 느끼는 것. 행복한 순간에 온전히 행복한 것은 앞으로 삶에 일어날 많은 문제에서 받은 상처를 회복할 힘이 되어준다. 행복해도 충분히 괜찮다.

4장

결국 행복해질 사람

눈치를 많이 보는
사람들의 특징

눈치는 두 종류가 있다. 좋은 눈치와 나쁜 눈치. 좋은 눈치란 상대방의 감정을 헤아리고 신경 쓰기 위해서 타인에게 마음을 쏟는 것이다. 나쁜 눈치란 그것을 넘어서서 내가 괴로울 정도로 타인에게 마음을 쏟는 상황을 말한다. 눈치를 많이 보는 사람들은 이런 특징이 있다.

주변 상황에 민감하다.

다른 사람의 감정과 행동을 더 민감하게 받아들인다. 그것뿐만 아니라 주변 상황에 대해서도 섬세하게 반응하기 때문에 주변 환경이 변하는 것에 민감하다.

쉽게 태도를 바꾼다.

눈치를 많이 보기 때문에 상황 변화에 따라서 자신의 태도를 쉽게 바꿀 수 있다. 어느 타이밍에 어떻게 행동해야 하는지 그 누구보다 잘 안다.

분위기를 잘 만든다.

다른 사람의 의견을 더 빠르게 파악하고 타인을 기쁘게 하고 갈등을 피하려는 욕구가 있기 때문에 좋은 분위기를 만드는 능력이 탁월하다.

감수성이 높다.

다른 사람의 표정, 말투, 몸짓의 미묘한 변화까지 감지할 정도로 감수성이 높다. 언어적인 표현뿐 아니라 비언어적인 표현에서도 감정을 읽는다.

다른 사람을 배려한다는 것은 아름다운 일이다. 주변 사람들의 반응에 예민하게 반응하고 그들의 마음과 생각을 의식하면서 깊이 신경 쓰는 것. 내 말이 어떻게 비칠지

눈치를 많이 보는 사람들의 특징

고민하고 다른 사람들은 지금 무슨 감정을 느끼고 있는지 알기 위해 노력하는 것은 하나의 능력이다. 누군가와 공감하고 연결하며 배려하는 것이 점점 더 쉽지 않아지기 때문이다. 하지만 다른 사람을 지나치게 배려하거나 타인의 생각에 너무 많은 관심을 기울이는 건 좋지 않다. 나를 잃을 수 있기 때문이다. 타인을 신경 쓰고 배려하는 만큼 나 자신도 배려하고 신경 써야 한다. 나를 잃지 않도록.

비판과 비난이 빗발칠 때

그렇지 않은 사람도 있지만, 대부분은 처음에 자기 작품이나 의견을 자신 있게 사람들 앞에 내놓지 못한다. 칭찬해 주는 사람도 물론 있겠지만, 또 어디에서 어떤 비판들이 화살처럼 날아올지가 막연히 두렵기 때문이다.

누군가가 나를 지적하는 상황은 시도 때도 없이 발생한다. 자연 속에서 혼자 살기를 결심하지 않은 이상 그런 일은 사는 내내 반복될 것이다. 그러므로 그러한 지적들을 어떻게 여기고 또 받아들여야 할지를 진지하게 고민해 봐야 한다. 누군가가 나를 지적하기 시작하면 우리는 그것에 어떻게 반응해야 하는 것일까?

가장 먼저, 당황하지 말아야 한다. 어차피 본인이 완벽할 수는 없다는 것을 잘 알고 있지 않은가. 지적받는 일은 지극히 자연스러운 일이다. 지적은 지적일 뿐이다. 지적 몇 번 받는다고 내 인생이 끝나는 것이 아니다. 그러니 필요 이상으로 겁먹고 당황할 필요는 없다.

다음으로는 나를 향해 날아온 지적을 차분하게 바라봐야 한다. 그것이 비난인지 비판인지를 자세히 구분할 필요가 있기 때문이다. 우리가 집중해야 할 것은 비난이 아닌 비판이다. 근거도 없는 비난은 전혀 나를 더 나은 사람으로 만들지 않는다. 나를 험담하는 사람의 자아를 안정화하고 그의 사회적 위치를 공고히 하는 수단으로만 사용된다. 그러므로 스스로가 판단해 봤을 때 그 지적이 비판이 아닌 비난이라고 여겨진다면, 그런 말들은 적당히 무시하고 다른 건강한 비판들에 더욱 집중할 필요가 있다.

그 지적이 정말로 합당한 이유를 지닌 비판이라면, 그 것이 당장은 따끔할지라도 궁극적으로는 나를 발전시키고 모두를 좋은 방향으로 이끄는 치료약 같은 존재가 되어줄 것이다. 그렇기 때문에 무시하기보단 겸허히 받아들이고 진심으로 감사를 표현하는 것이 좋다. 그렇게 비판을 받고 얼굴을 붉히며 흥분하지 않고 좋은 가르침을 주어 고맙다 는 말을 건네면, 처음에는 날이 선 태도로 나를 지적했던 사람도 나의 진심과 태도에 감화되어 이후로 더 좋은 조언 과 도움을 내게 건네게 될 것이다.

> 건강한 비판은 나를 혼내지 않는다. 다만 나를 더 좋게 만들어주는 과정일 뿐이다. 그렇게 생 각하면 어떤 비판도 그다지 두렵지 않게 된다.

주기적으로 찾아오는 감정

내가 뭐 하는 건가 싶을 때가 있다. 얼마나 많은 부귀영화를 누리자고 그렇게 많은 사람과 관계를 맺으면서 사는 건가 싶을 때가 있다. 인간관계에 대한 회의감은 주기적으로 찾아온다. 기대했던 것들이 상처로 돌아오고 반복되는 실망과 오해가 섞이면 인간관계 자체에 대한 회의감이 든다.

인간관계는 바다와 같다. 똑같은 바다라도 잔잔한 날이 있고 폭풍우가 몰아치는 날이 있다. 파도가 잔잔한 날도 있고 모든 걸 삼킬 듯이 거친 날도 있다. 인간관계도 그렇다. 어떤 날은 지극히 평화롭지만 어떤 날은 감당할 수 없을 만큼 많은 스트레스를 준다. 인간관계에서 회의감을 느낀다는 건 그만큼 진심이라는 뜻이다. 휘발성이 강한 관계가 아니라 진심으로 의미 있는 관계를 원하기 때문에 상처를 받고 회의감을 느끼는 것이다. 그런 순간이 찾아왔을 때 인간관계는 원래 어려운 것이라는 마음을 가지면 좋다.

누군가와 관계를 맺으며 살아가는 일은 삶에서 중요한 부분을 차지하지만 동시에 가장 복잡하고 어려운 영역이기도 하다. 사람은 모두 다른 성격과 가치관을 가지고 살아간다. 그런 서로 다른 사람들이 조화를 이루는 과정에서 얼마나 많은 소음이 생기겠는가. 인간관계는 감정적인 요소가 강하게 작용한다. 가까워지면 가까워질수록 타인에게 높은 기대를 하게 된다. 하지만 그런 기대를 충족하기란 쉽지 않다. 실망과 좌절감으로 되돌아오는 경우가 많다. 또한 사랑, 우정, 질투, 분노 등 다양한 감정이 얽혀있기 때문에 내 마음대로 흘러가지 않는 날이 더 많다.

주기적으로 찾아오는 감정

인간관계에 회의감이 강하게 드는 순간 결국 인생은 혼자라는 생각이 들기 마련이다. 그런 마음이 드는 것은 자연스럽지만 그런 마음이 강하게 굳어버려서 모든 관계를 다 끊어내는 것은 좋은 방법이 아니다. 사람에 지친다면 잠깐 사람 만나는 일을 줄여도 좋다. 관계가 지친다면 아무런 모임에 참여하지 않고 혼자 시간을 보내도 좋다. 회복될 때까지 충분히 시간을 보내도 좋지만 결국 혼자라는 마음은 품지 않았으면 좋겠다. 좁든 넓든 인간은 계속 관계를 맺으면서 살아가야 하기 때문이다. 인간관계가 부질없다고 느껴질 땐 아, 내가 또 진심이었구나. 그렇게 생각하고 잠깐 쉬어가자. 결국 잠잠해질 파도다.

불안 다스리기

살다 보면 나의 부족함이 항상 불안을 만들었다. 내가 생각하는 이상적이거나 충분한 지점은 따로 있는데 늘 만족스러울 정도의 지점에 이르지 못하니 마음만 초조해졌다. 지금에 와서 되돌아보면 그때의 나는 병적으로 무슨 일에서든 완벽을 꿈꾸곤 하는 사람이었다.

완벽해지길 원하기 때문에 불안해진다.

완벽을 추구하는 사람들은 자주 좌절한다. 무슨 일을 하든 그 결과가 완벽한 성취가 아니라면 실패로 치부한다.

바로 그런 판단 방식이 불안을 유발한다. 목표를 달성하지 못할 경우 곧바로 자존감이 낮아지고 불안과 스트레스를 느낀다. 또한 완벽하지 않은 것을 받아들이지 않고 항상 완벽한 상태를 유지하려고 노력하는 과정에서도 불안감을 느낀다.

그렇게 생긴 불안감 역시 완벽주의를 더 격렬하게 부추긴다. 완벽주의자는 자신의 불완전함을 인정하지 않으려고 하며 그 결과 더 높은 기대와 압박을 자신에게 가하곤 한다. 또한 항상 불안할 만한 것을 찾아내고 불완전함을 해결하려고 하기 때문에 상황이 더욱 불안정해질 수 있다. 결국 완벽주의와 불안이 상호작용하며 점점 몸집을 키우는 것이다.

이러한 흐름을 끊고 조금이라도 더 불안으로부터 자유로워지기 위해서는 내 마음을 괴롭히는 몇 가지 잡념과 하루빨리 이별해야 한다.

버릴 건 버려야 한다. 그 생각은 더는 내게 새로운 것을 주지 못하니까. 포기할 건 포기해야 한다. 그 목표는 눈으로 봤을 때만 예쁘고 정작 입으면 안 어울리는 옷처럼 내 마음을 괴롭히기만 하니까. 잊을 건 잊어야 한다. 내가 손대는 모든 일들이 그때의 그 성공처럼 완벽할 수만은 없으니까.

누구나 한 번쯤은 손에 최대한 많은 물건을 쥐려고 하다가 삐긋하여 오히려 모든 것을 놓쳐본 적이 있을 것이다. 삶도 그렇다. 많은 걸 잡으려고 할수록 모든 것을 놓치게 된다. 반대로 내게 정말 소중한 것이 무엇인지를 알고 그것들을 소중히 여기기 시작할 때 우리는 커다란 만족감과 행복감을 얻곤 했다.

이제 나는 완벽을 꿈꾸지 않는다. 그리고 그 완벽하지 않으려는 태도, 완벽함과 멀어지려는 태도가 역설적으로 나를 점점 완벽하게 만들었다. 쓸데없는 불안들도 그 과정에서 자연스레 사그라들었다. 앞으로도 삶은 내게 수많은

　　　　　　　　　불안 다스리기

과제와 시련을 내놓을 것이다. 그것들을 마주하는 과정에서 다시금 불안감이 나를 찾아올지도 모른다. 그러면 나는 그때도 다시 한번 내 마음을 들여다보려 한다. 너무 많은 것을 부여잡고 있지는 않은지. 지금 내게 정말 중요한 것은 과연 무엇인지를.

외로움을 다루는 현명한 방법

간혹 외로울 때마다 사람과 사랑을 갈구하는 사람을 본다. 누구라도 좋으니 오늘 당장 만나서 이야기를 나눠주길 바라고 또 누구라도 좋으니 자기 옆에 누워서 낮과 밤을 함께해주길 원한다.

값싼 관계나 그다지 원치 않았던 사람과 맺는 일회성 관계는 당장은 나의 외로움을 달래줄지는 몰라도 이후에 나의 영혼을 더욱 황폐하게 만든다. 급한 불을 끄는 심정으로 외로움을 해소하고 나면 전에는 보이지 않았던 상대방의 단점이나 나를 둘러싼 다른 일들이 보이기 시작하면서 섣부른 관계를 후회하기 시작하는 것이다.

그리 간단한 문제가 아니다. 마침 그렇게 아무나 만나고 있을 때 꿈에 그리던 또 다른 누군가가 나타나면 상황이 난처해진다. 맺고 있던 관계를 쉽게 마무리 지을 수도 없고 그렇다고 새로 나타난 사람에게 기다려 달라고 말할 수도 없다. 꼭 만나고 있을 때만 문제가 되는 게 아니다. 일회적인 만남을 끝마친 지 얼마 지나지 않았을 때도 그다지 달라지는 건 없다. 새로이 나타난 사람에게 다정을 베풀거나 마음을 표현하기엔 이미 조금 전에 끝난 관계를 통해 에너지를 다 소진한 뒤일 확률이 높기 때문이다. 마치 조금 출출하다고 이것저것 군것질거리들만 집어 먹다가 정작 식사 시간이 되어서는 헛배가 불러 제대로 된 맛있는 식사를 못 하게 되는 것처럼. 그래서 하루의 기분을 통째로 망치게 되는 것처럼 말이다.

외로움은 사람이라면 응당 느끼곤 하는 당연한 감정이다. 외로움이 엄습한다고 해서 꼭 그때마다 즉각적으로 누구를 만난다거나 하며 일일이 반응할 필요는 없다.

그럴 시간에 운동이나 독서, 자격증 공부처럼 나를 더 좋은 사람으로 만들어주는 활동들을 하는 것이 훨씬 낫다. 그리고 혼자만의 시간을 보내며 내가 진정으로 원하는 사람이 누구인지에 대해 차분히 생각해 보는 일도 필요하다. 언젠가 더 좋은 사람을 만나 더 행복해지기 위해서 말이다. 그러다 보면 정말로 곧 좋은 소식과 좋은 만남이 찾아올 것이다. 그리고 더 나은 사람이 된 당신은 그 만남을 절대로 놓치지 않을 것이다.

기꺼이 괴짜가 될 것

학생 시절, 사람들이 다들 좋다고 떠드는 무선 헤드셋이 당연히 나한테도 좋을 줄로 알고 부지런히 생활비를 아껴서 그것을 손에 넣은 적이 있다. 하지만 어째서였을까. 열심히 벌어서 손에 넣었으니 뿌듯해하고 감격할 만도 한데 그렇지 않았다. 생각만큼 기쁘지도 좋지도 않았다. '이게 왜 별로지?'라는 생각만 이어졌다. 결국 얼마 안 가서 나는 그것을 굉장히 싼 값에 지인에게 넘겨버리고 말았다.

뒤늦게 깨달은 거지만, 사실 나는 그 무선 헤드셋보다

는 선이 있는 구형 모델이 조금 더 마음에 들었었다. 디자인적으로나 감성적으로나 그걸 더 갖고 싶어 했었던 것 같다. 다만 사람들이 열광하다시피 신형 모델에 대해서만 떠들었기에 '나는 사실 저게 더 좋은데요'라고 용기 내어 말하지 못했을 뿐이다. 이제는 안다. 내 것을 찾는다는 것, 내가 좋아하는 것을 좋아하는 일에는 어느 정도의 용기가 필요하다는 걸.

또한 시간도 필요하다. 충분한 시간을 갖고 여러 방향의 것들을 경험하고 나서야 나는 어떤 것이 내게 어울리고 또 어떤 것이 어울리지 않는지를 진정으로 알게 된다. 그러므로 나이가 어릴 때는 그게 무엇이 됐건 최대한 많은 것을 접해보는 게 좋다고 생각한다. 너무 이르게 '나는 이런 것을 좋아하는 사람'이라며 확정 짓지 말아야 한다는 말이다.

그런 과정을 어느 정도 거치고 나면 세상이 다르게 보이기 시작한다. 동시에 사람들도 다르게 보인다. 한때는

기꺼이 괴짜가 될 것

'뭘 저런 걸 좋아해?'라는 생각이 들 정도로 괴짜 취향으로 보였던 사람들이 오히려 자신이 좋아하는 것을 당당하게 좋아하는 멋진 사람으로 보이기 시작하는 것이다. 자신의 취향이 확고하고 그것에 진심인 사람들은 누군가에겐 독특하게 보일 수는 있어도 절대 우습지는 않은 사람들이라고.

이제는 내가 그런 멋진 사람이 될 차례다. 용기와 시간을 갖고 스스로에게 물어보자. 어떤 시간들이 지금의 나를 만들었는가? 내가 진짜로 원하는 건 무엇인가?

건강한 후회의 방법

'후회해 봤자 늦었다.'
'후회할 일 만들지 마.'

보통 후회라는 단어는 이렇게 좋지 못한 의미를 지닌 말을 할 때의 재료로 쓰인다. 하지만 이 후회라는 말도 '일이 지난 뒤에 잘못을 깨치고 뉘우친다'라는 사전적 정의만 봤을 때는 그다지 부정적이기만 한 말이 아니다. 때로는 긍정적으로 느껴지기까지 한다. 뒤늦게라도 뉘우치지 않는 사람들이 세상에 얼마나 많은데.

건강하게 후회하는 방법이 몇 가지 있다. 가장 먼저는 후회의 대상이 되는 그 사건과 그 시점에만 묶여 끝없이 스스로를 괴롭히기만 하기보단, '다음부턴 그러지 말아야지'라는 한마디를 덧붙여 나를 과거에 머무르게 두지 않고 미래로 향하도록 만드는 것이다. 지난날을 후회하며 그때 잃은 것만 생각하는 게 아니라 후회를 통해 조금 더 신중해지게 되는 것, 그래서 '잃지 않게끔 하는 것'에 집중하는 일은 그야말로 건설적인 일이 아닐 수가 없다.

또 후회를 통해 자신의 가치관이나 우선순위에 대해 다시 생각해 볼 수 있는 시간을 가질 수도 있다. 자신의 가치관과 목표에 대해 성찰하고 더 나은 방향으로 나아갈 수 있는 방법을 고민해 보는 것이다.

마지막으로는 자기 용서다. 후회의 과정에 있어서 가장 중요한 단계이다. 과거의 실수나 잘못된 선택에 대해 자신을 용서하고 그로부터 배우고 성장하는 기회로 삼는 것이다. 이미 지나간 일, 한 번 일어난 일은 그 누구도 되돌릴 수 없으니 차라리 빠르게 인정하고 용서해 주는 것이 나의 마음 건강을 생각했을 때 최선책이다.

사람은 누구나 실수를 저지른다. 그러므로 자연스레 후회를 한다. 실수를 저지르지 않았더라도 지난날을 생각하며 이렇게 할걸, 저렇게 할걸, 아쉬운 점을 꼽아본다. 하지만 이왕 후회할 거, 조금이라도 건강한 방식, 내게 도움이 되는 쪽으로 후회하는 게 좋지 않을까. 당신이 이제는 과거에 묶여만 있기보단 미래를 바라보는 사람이 된다면 좋겠다.

희생도 적당해야 하는 이유

1. 희생하다 보면 나 자신마저 희생한다

희생에도 관성과 가속력이라는 게 있다. 처음에는 고심해서 베풀었던 희생이 점점 더 타인에게나 스스로에게나 당연한 일이 되어 자기도 모르는 사이에 자신의 필요와 가치를 무시하고 타인이나 상황만을 우선시하게 된다. 그러다 보면 나중에는 어쩔 수 없이 자기 자신에게 해를 끼칠 수밖에 없다.

2. 심리적인 감옥에 갇힌다

무조건적인 희생은 종종 심리적인 부담을 초래할 수 있

다. 자신을 희생하고 나서도 내면에서 불만이나 무력감을 느낄 수 있으며, 이는 스트레스와 우울감을 유발할 수 있다. 상대방은 진심으로 고마워하고 있는데도 혼자 '나는 이것밖에 못 해주는 사람'이라는 생각에 갇혀 끝없이 괴로워만 하는 것이다.

3. 타인의 의존이 높아진다

계속되는 희생은 다른 사람들이 자신에게 의존하는 경향을 높일 수 있다. 이는 타인이 자신의 문제를 해결하는 데 나를 끊임없이 필요로 하는 상황을 만들어낼 수 있다. 그러다 보면 일순간 관계는 역전되어 한쪽이 계속해서 희생하는 동안 다른 쪽은 이를 당연시하고 희생을 베푸는 사람을 자기 입맛에 맞춰 이용하려 들기까지 한다.

4. 개인 발전이 제약된다

앞뒤 안 가리고 베푸는 희생은 자신의 개인적인 성장과 발전을 제약할 수 있다. 자신의 욕망과 목표를 희생하는 동안 따로 품고 있던 개인적인 꿈과 비전은 점점 뒷전이 되고 자연히 실현 가능성도 낮아져 버리는 것이다. 그러므로 무조건적인 희생은 결국 언젠가는 부정적인 결과를 초래한다는 것을 잊지 말고 자신의 가치와 필요를 고려해 균형 있는 방식으로 희생을 선택할 필요가 있다.

상처

인간은 본능적으로 한 번 상처 입었던 부위를 가장 먼저 보호하려는 성향을 보인다. 한 번 아파봤던 곳이니 그 주변에 날카롭거나 뜨거운 것이 가까워지면 몸을 움츠리고 경계하기 시작한다. 가끔은 이전에 잘만 하던 일조차도 상처 입었던 경험 때문에 제대로 해내지 못하기도 한다.

하지만 '잘하던 일을 못 하게 되었다'고 마냥 낙담만 할 필요는 없는 게, 사실 그러한 성향은 우리의 몸이 무의식적으로 위험 요소를 감지하고 미연에 조심함으로써 한 번 더 다치지 않게 해주는 방어기제가 되어주기 때문이다. 실제로 빗길이나 빙판길에서 미끄러져 크게 다쳐본 사람은 이후로 몇 배는 더 조심스럽게 그곳을 통과함으로써 웬만해선 비슷한 부상을 다시 입지 않는다. 초여름 감기를 지독하게 앓아본 사람이 밤공기의 무서움을 알고 여벌의 외투를 챙기는 것도 같은 원리라고 볼 수 있다. 우리가 몸의 기억을 무시하지 말아야 하는 이유이다.

꼭 몸뿐만 아니라 영혼의 상처도 그렇다. 무모하게 사업을 하다가 크게 다쳐본 사람은 이다음 번에 무언가 새로운 일을 꾸며야 할 때 배로 신중하게 되는데, 그러한 신중함 자체가 곧 리스크 관리 능력이 되어준다. 실제로 한 번 대차게 망해보았으니 어떤 행동이 일을 망치고 어떤 행동이 성과를 가져오는지도 잘 알게 되어 성공할 확률이 늘어난다. 폭력적인 말과 행동을 일삼는 사람을 곁에 두었다가 크게 상처받아본 사람은 두 번 다시는 그런 사람을 곁에 두지 않음으로써 자신의 몸과 마음을 더 잘 지킬 수 있게 된다.

그렇게 상처라는 것은 당신을 아프게만 만들지 않는다. 동시에 미래의 당신을 똑똑하게 만들어주기도 한다. 그런 의미에서 상처는 영원히 피하기만 해야 할 존재가 아니라 오히려 어느 정도는 필요한 존재라고 할 수 있다.

사람으로 태어난 이상 언제까지고 온실 속의 화초처럼 살아갈 수는 없다. 설령 그렇게 살아왔다고 하더라도 결국 나의 삶은 내가 스스로 헤쳐 나가야 하는 것이므로 한시라도 빨리 세상 바깥으로 나와 이곳저곳에 부딪히는 쪽을 선택하는 것이 좋을 것이다.

상처의 주인

세상은 그다지 친절하지 않다.
타인이 무심코 뱉은 말과
무례한 행동에 상처를 받을 때가 많다.
세상 역시 내 기대와 다르게 흘러가는 날이
훨씬 더 많다.

꼭 기억해야 하는 것은
어떤 일이 일어나든 어떤 상처가 생기든
내가 어떻게 받아들이느냐가 제일 중요하다는 것이다.

타인의 말과 행동을 너무 과하게 받아들여서는 안 된다.

나에게 상처줄 수 있는 사람은 오직 나뿐이기 때문이다.

상처를 머금고 계속 아파할지

아니면 흘려보낼지 결정하는 것은 나 자신이다.

흘려보낼 건 흘려보내면서 살자.

상처의 주인

결국 지나갈 시간

모든 것이 지루하고
흥미를 잃는 시기가 온다.
흔히 말하는 노잼 시기다.

그 시간은 절대 끝나지 않을 것처럼
지루하게 느껴질 수 있지만
노잼 시기도 결국엔 끝난다.

모든 것이 재미없다는 감정은
어쩌면 변화해야 한다는 신호일지도 모른다.

일상에서 벗어나 새로운 경험을 찾고
새로운 취미를 시작하고
새로운 사람을 만나는 것이다.

혹은 다시 움직이고 싶을 정도로
아무것도 하지 않는 게 필요할 수도 있다.
타인의 기대에서 벗어나 나만의 속도로
삶을 살아가야 하는 신호일 수도 있다.

무엇이 됐든 결국 지나갈 것이다.
인생이 재미없는 시기가 있다는 건
인생이 재밌는 시기도 있다는 거니까.

결국 지나갈 시간

우리를 성장시키는 것

무언가가 부족하다는 감정을 느낄 때가 있다. 무엇인가 채워지지 않았다는 공허함이 느껴질 때도 있다. 하지만 무엇이 부족한지, 무엇을 채워 넣어야 괜찮아질지 알 수 없다. 보통 그런 건 어떤 결핍에서 오는 감정이다.

결핍은 여러 종류가 있다. 경제적인 어려움이나 주거 불안정으로 생활이 어려울 수 있다. 이런 건 물질적 결핍에 해당한다. 정서적 결핍은 누군가로부터 사랑, 애정, 인정, 지지를 받지 못하는 상태를 말한다. 친구나 가족의 부재 혹은 반복되는 실패로 사회적 고립에 처하는 것은 사회적 결핍에 해당한다. 만약 가정 형편이 어렵거나 상황이 여의치 못해서 공부를 중단한 사람은 지적 결핍을 느낄 수도 있다. 이처럼 결핍은 여러 종류가 있다.

대부분의 결핍은 부정적인 의미로 사용된다. 하지만 실제로 결핍은 삶에 있어서 중요한 요소 중 하나다. 결핍이 없으면 성장하고 발전하는 데에 한계가 있기 때문이다. 결핍도 긍정적으로 사용하면 충분히 나를 발전시킬 수 있는 요소가 된다. 무언가를 넘치도록 가지고 있을 때 할 수 있는 게 많을 거라고 생각하지만 오히려 제한된 자원에서 효율적인 방법과 창의력이 나오는 법이다. 새로운 사고와 새로운 방법을 모색하게 하면서 오히려 더 좋은 결과를 만들어내는 것이다.

철보다 강하고 거미줄보다 가늘다는 슬로건으로 홍보를 시작한 나일론은 20세기 최고의 발명품 중 하나다. 그 전까지는 칫솔에 돼지털을 사용해서 이에 끼는 경우가 많았지만 나일론이 발명된 뒤에는 양치하다가 이에 뭐가 끼

우리를 성장시키는 것

는 일은 없었다. 스타킹뿐만 아니라 낙하산 같은 군사용품까지도 널리 사용되는 나일론도 결핍으로 만들어졌다고 볼 수 있다. 당시 섬유를 만들기 위해서 수입해야 하는 재료들은 천연에서 추출한 것이 많았기에 가격이 안정화되지 않고 공급에 항상 문제가 있었다. 재료의 수급과 높은 비용이라는 경제적 결핍이 더 저렴하면서도 내구성이 강한 섬유를 만들게 한 것이다.

결핍을 두려운 것으로 바라보면 끝이 없다. 하지만 나를 성장 시키고 삶을 더 풍요롭게 만드는 중요한 요소라고 생각한다면 오히려 결핍은 기회가 될 수 있다. 두려워하지 말고 그 속에서 배울 수 있는 모든 것을 받아들이자. 결핍 자체를 어떻게 할 수는 없지만 결핍을 이용하여 더 의미 있는 것을 만들어낼 수 있다.

골프공을 먼저
신경 쓰면서 살 것

강의실에 교수가 들어온다. 학생들과 짧은 인사를 주고받고 시간에 관한 이야기를 한다.

"우리는 무엇이든 다 이룰 수 있을 만큼 거대한 존재입니다. 다만 당신이 시간을 현명하게 사용하고 있다는 가정하에."

가방에서 패트병을 하나 꺼내고 골프공을 담는다. 어느새 병은 골프공으로 가득 찬다. 이 병이 꽉 찼냐고 묻는 말에 학생들은 고개를 끄덕인다. 그러자 교수는 다시 가방에서 조약돌을 꺼내 병에 넣는다. 조약돌이 반쯤 들어가고 다시 묻는다. 이 병이 꽉 찬 것 같나요? 학생들은 또 고개를 끄덕인다. 이번에는 가방에서 모래알을 꺼낸다. 골프공과 조약돌이 담긴 병에 모래를 붓는다. 이 병이 꽉 찬 거 같냐고 물어보니 학생들은 또 고개를 끄덕인다. 이제 교수는 맥주를 꺼내 맥주를 병에 붓는다. 모래알과 조약돌 사이로 맥주가 스며든다. 결국 골프공만으로 꽉 차 보였던 병에 조약돌과 모래, 맥주가 다 들어간 것이다.

여기서 병은 우리의 인생이다. 골프공은 중요한 것들이다. 가족, 친구, 건강, 열정 같은 것들. 조약돌은 다른 중요한 것들이다. 자동차, 직업, 집 같은 것들. 모래는 다른 모든 것들이다. 별로 중요하지 않은 것들. 하지만 인생이라는 병 안에 모래부터 집어넣으면 조약돌과 골프공을 넣을 수 있는 공간이 없어진다. 인생도 똑같다. 별것도 아닌 일에 모든 에너지와 시간을 사용하면 정말 의미 있는 것에는 아무것도 사용할 수가 없다. 행복을 위해 필요한 것들에 집중해야 한다. 골프공처럼 가장 중요한 것들 말이다.

우선순위를 정하지 않으면 모래 같은 것을 내 인생에 먼저 채우게 된다. 학생들은 교수의 말을 감명 깊게 듣다가 이런 질문을 한다.

"그럼 맥주는 무엇을 의미하나요?"

"여러분이 아무리 바쁘더라도 친구와 맥주 한잔할 여유는 있을 거라는 뜻입니다."

우선순위를 정하자. 내가 중요하다고 생각하는 것들을 내 삶에 먼저 채워 넣자. 에너지와 시간은 한정적이기에 오히려 더 소중하고 더 잘 사용해야 하는 것이다. 행복을 위해 필요한 골프공 같은 것들에 집중하면서 살 것. 그리고 아무리 바쁘더라도 친구와 맥주 한잔은 할 것. 행복해지는 가장 좋은 방법이 아닐까.

기분이 태도가 되지 말자

© 훈글

초판 1쇄 • 2022년 11월 9일
초판 25쇄 • 2024년 12월 2일

지은이 • 훈글
기획 • 하이스트
펴낸이 • 김영재
펴낸곳 • 하이스트 출판사
마케팅 • 염시종, 고경표
디자인 • 염시종
제작처 • 책과6펜스
출판등록 • 2021년 5월 21일 제2021-000019호
이메일 • highest@highestbooks.com

ISBN • 979-11-976476-6-6